Für Olaf

Weihnachten 2008

Beate

Gabriel García Márquez, geboren 1927 in Aracataca, Kolumbien, arbeitete nach dem abgebrochenen Jurastudium zunächst als Journalist. Sein umfangreiches erzählerisches und journalistisches Werk ist in Millionenauflagen verbreitet. Er gilt als einer der bedeutendsten und erfolgreichsten Schriftsteller der Welt. 1982 erhielt er den Nobelpreis für Literatur.

Das Werk von Gabriel García Márquez ist bei Kiepenheuer & Witsch und im Fischer Taschenbuch Verlag lieferbar.

Joachim Knappe, geboren 1962 in Hamburg, studierte nach einer Ausbildung zum Tischler an der Fachhochschule für Gestaltung in Hamburg. Seit seinem Diplom 1994 arbeitet er als selbständiger Illustrator.

Gabriel García Márquez

Das Licht ist wie das Wasser

Geschichten von der Liebe und anderen Dingen

Aus dem Spanischen von Curt Meyer-Clason,
Dagmar Ploetz und Dieter E. Zimmer

Mit Vignetten von Joachim Knappe

Fischer Schatzinsel

Fischer Schatzinsel
www.fischerschatzinsel.de

Veröffentlicht im Fischer Taschenbuch Verlag,
einem Unternehmen der S. Fischer Verlag GmbH, Frankfurt am Main,
Oktober 2006

Die Erzählungen wurden den folgenden Bänden entnommen:
›Das Leichenbegängnis der Großen Mama‹
Die Originalausgabe erschien unter dem Titel ›Los funerales
de la Mamá Grande‹

Deutsch von Curt Meyer-Clason
**›Die unglaubliche und traurige Geschichte von der einfältigen Eréndira
und ihrer herzlosen Großmutter‹**
Die Originalausgabe erschien unter dem Titel ›La increíble y triste historia
de la cándida Eréndira y de su abuela desalmada‹

Deutsch von Curt Meyer-Clason
›Zwölf Geschichten aus der Fremde‹
Die Originalausgabe erschien unter dem Titel
›Doce cuentos peregrinos‹

Deutsch von Dagmar Ploetz
Dieter E. Zimmer übersetzte ›Der glückliche Sommer der Frau Forbes‹
Ein detaillierter Quellennachweis ist am Ende des Bandes

Umschlaggestaltung: Buchholz/Hirsch/Hensinger
Umschlagillustration: Joachim Knappe
Satz Pinkuin Satz und Datentechnik, Berlin
Druck und Bindung: Clausen & Bosse, Leck
Printed in Germany
ISBN-13: 978-3-596-85232-1
ISBN-10: 3-596-85232-3

Nach den Regeln der neuen Rechtschreibung

Inhalt

An einem dieser Tage 7

Ein Tag nach dem Samstag 12

Künstliche Rosen 49

Das Leichenbegängnis der Großen Mama 59

Dienstagmittag 86

Baltazars wundervoller Nachmittag 98

Ein sehr alter Herr mit riesengroßen Flügeln 111

Die letzte Reise des Gespensterschiffs 124

María dos Prazeres 134

Der glückliche Sommer der Frau Forbes 158

Das Licht ist wie das Wasser 179

Quellennachweis 185

An einem dieser Tage

Der Montag erwachte lau und regnerisch. Don Aurelio Escobar, Zahnarzt ohne Diplom und Frühaufsteher, öffnete seine Praxis um sechs. Er holte aus dem Glasschrank eine noch im Gipsabguss liegende Prothese und legte auf den Tisch eine Hand voll Instrumente, die er wie bei einer Ausstellung der Größe nach aneinanderreihte. Er trug ein kragenloses, am Hals mit einem vergoldeten Knopf geschlossenes Hemd, seine Hosen hielt ein Hosenträger. Er war steif, hager, und wie der Blick von Schwerhörigen entsprach sein Blick selten der Situation.

Als er alle Gegenstände auf dem Tisch angeordnet hatte, drehte er die Bohrmaschine zum Drehstuhl und setzte sich, um die Prothese zu polieren. Er schien nicht an das zu denken, was er tat, arbeitete jedoch beharrlich und bediente das Pedal der Bohrmaschine auch, wenn er sie nicht benutzte.

Nach acht machte er eine Pause, um durchs Fenster zum Himmel aufzublicken, und sah zwei nachdenkliche Aasgeier, die sich auf dem Dachfirst des Nachbarhauses in der Sonne trockneten. Er arbeitete weiter im Gedanken, dass es vor dem Mittagessen wieder regnen würde. Die raue Stimme seines elfjährigen Sohnes riss ihn aus seiner Versunkenheit. »Papa.«

»Was?«

»Der Bürgermeister sagt, dass du ihm einen Backenzahn ziehen sollst.«

»Sag ihm, ich bin nicht da.«

Er polierte einen Goldzahn, hielt ihn in Armesweite von sich weg und prüfte ihn mit halbgeschlossenen Augen. Im Wartezimmerchen schrie wieder sein Sohn. »Er sagt, dass du da bist, weil er dich hört.«

Der Zahnarzt prüfte weiter den Zahn. Erst als er ihn auf den Tisch zu den fertigen Arbeiten legte, sagte er: »Umso besser.«

Wieder ließ er den Bohrer surren. Aus einer kleinen Pappschachtel, in der er die unfertigen Sachen verwahrte, holte er eine mehrkronige Brücke und begann das Gold zu polieren.

»Papa.«

»Was?«

Noch immer war sein Gesichtsausdruck unverändert.

»Er sagt, wenn du ihm nicht den Backenzahn ziehst, knallt er dich über den Haufen.«

Ohne sich zu beeilen, nahm er mit einer seelenruhigen Bewegung den Fuß vom Pedal, schob die Bohrmaschine vom Stuhl weg und zog die unterste Schublade des Tischs ganz auf. Dort lag der Revolver. »Gut«, sagte er. »Sag ihm, er soll mich über den Haufen knallen.«

Er ließ den Stuhl kreisen, bis er der Tür gegenüberstand, und legte die Hand auf den Rand der Schublade. Der Bürgermeister erschien im Türrahmen. Er hatte sich die linke Wange rasiert, die andere jedoch, die geschwollene, schmerzende, bedeckte ein fünf Tage alter Bart. Der Zahnarzt sah in seinen welken Augen viele verzweifelte Nächte. Er drückte die Schublade mit den Fingerspitzen zu und sagte sanft: »Setzen Sie sich.«

»Guten Morgen«, sagte der Bürgermeister.

»Morgen«, sagte der Zahnarzt.

Während die Instrumente ausgekocht wurden, lehnte der Bürgermeister seinen Schädel an die Kopfstütze des Stuhles und fühlte sich besser. Er atmete eisigen Geruch. Es war eine armselige Praxis: ein alter Holzstuhl, Bohrmaschine mit Pedal und ein Glasschrank mit Porzellandosen. Dem Stuhl gegenüber ein Fenster mit einem mannshohen Wandschirm. Als er fühlte, dass der Zahnarzt näher trat, klemmte der Bürgermeister die Hacken zusammen und sperrte den Mund auf.

Don Aurelio Escovar drehte ihm das Gesicht zum Licht. Nachdem er den schadhaften Backenzahn geprüft hatte, befühlte er mit behutsamem Fingerdruck die Kinnlade.

»Es muss ohne Betäubung sein«, sagte er.

»Warum?«

»Weil Sie einen Abszess haben.«

Der Bürgermeister blickte ihm in die Augen.

»Gut«, sagte er und versuchte zu lächeln. Der Zahnarzt lächelte nicht. Er stellte die Schale mit den ausgekochten Instrumenten auf den Arbeitstisch, und noch immer ohne sich zu beeilen fischte er diese mit einer kalten Pinzette aus dem Wasser. Dann schob er den Spucknapf mit der Fußspitze näher und ging, um sich die Hände im Waschbecken zu waschen. Doch der Bürgermeister verlor ihn nicht aus den Augen.

Es war ein unterer Weisheitszahn. Der Zahnarzt spreizte die Beine und setzte die heiße Zange an den Backenzahn. Der Bürgermeister klammerte sich an die Armlehnen, presste seine ganze Kraft in die Füße und fühlte eisige Leere in den Nieren, gab aber keinen Ton von sich. Der Zahnarzt bewegte lediglich das Handgelenk. Ohne Groll, eher mit bitterer Zärtlichkeit sagte er: »Damit zahlen Sie uns für zwanzig Tote, Leutnant.«

Der Bürgermeister spürte ein Knirschen der Knochen im Kinnbacken, und seine Augen füllten sich mit Tränen. Aber er gab keinen Ton von sich, bevor er nicht den Backenzahn herauskommen fühlte. Dann sah er ihn durch seine Tränen hindurch. Er kam ihm so fremd vor in seinem Schmerz, dass er die Marter seiner fünf vergangenen Nächte nicht fassen konnte. Über den Spucknapf gebeugt, schwitzend, keuchend, knöpfte er sich den Waffenrock auf und tastete in der Hosentasche nach seinem Taschentuch. Der Zahnarzt reichte ihm einen sauberen Lappen.

»Trocknen Sie sich die Tränen ab«, sagte er.

Der Bürgermeister tat es. Er zitterte. Während der Zahnarzt sich die Hände wusch, sah er die durchlöcherte Zimmerdecke und ein staubiges Spinnennetz mit Spinneneiern und toten Insekten. Der Zahnarzt kehrte sich die Hände abtrocknend zurück. »Legen Sie sich hin«, sagte er, »und spülen Sie mit Salzwasser.« Der Bürgermeister stellte sich auf die Füße, verabschiedete sich mit einem mürrischen militärischen Gruß und ging mit staksenden Beinen auf die Tür zu, ohne den Waffenrock wieder zuzuknöpfen.

»Schicken Sie mir die Rechnung«, sagte er.

»An Sie oder an die Gemeinde?«

Der Bürgermeister drehte sich nicht um. Schloss die Tür hinter sich und sagte durch das Drahtnetz hindurch: »Eines so lästig wie's andere.«

Ein Tag nach dem Samstag

Die Unruhe begann im Juli, als Señora Rebeca, eine verbitterte Witwe, die in einem riesigen Haus mit zwei Veranden und neun Schlafnischen wohnte, entdeckte, dass ihre Fliegenfenster zerrissen waren, als seien sie von der Straße aus mit Steinen beworfen worden. Zuerst stellte sie es in ihrem Schlafzimmer fest und dachte, sie müsse darüber mit Argénida reden, die seit dem Tod ihres Mannes ihre Dienerin und Vertraute war. Dann, Krimskrams räumend (denn seit langer Zeit tat Señora Rebeca nichts anderes als Krimskrams räumen), merkte sie, dass die Fliegenfenster nicht nur in ihrem Schlafzimmer, sondern im ganzen Haus beschädigt waren. Die Witwe hatte einen theoretischen Sinn für Autorität, ererbt vielleicht von ihrem Urgroßvater väterlicherseits, einem Kreolen, der im Unabhängigkeitskrieg aufseiten der Realisten gekämpft und anschließend eine beschwerliche Reise nach Spanien unternommen hatte mit der ausschließlichen Absicht, den Palast zu besuchen, den Carlos III. in San Ildefonso erbaut hatte. Als sie daher den Zustand der anderen Fliegenfenster entdeckte, dachte sie nicht mehr daran, mit Argénida zu sprechen, sondern setzte ihren mit winzigen Samtblumen verzierten Strohhut auf und begab sich zum Rathaus, um das Attentat zu melden. Als sie jedoch dort anlangte, sah sie, dass selbst der Bürgermeister, ohne Hemd, halb nackt und mit einer Vierschrötigkeit, die ihr bestialisch vorkam, mit der Instandsetzung der gleichfalls beschädigten städtischen Fliegenfenster beschäftigt war.

Señora Rebeca betrat das schmutzige, unordentliche Büro, und das Erste, was sie sah, war ein Haufen toter Vögel auf dem Schreibtisch. Sie war jedoch teils durch die Hitze und teils durch die Empörung über ihre ruinierten Fliegenfenster so verstört, dass sie keine Zeit fand, angesichts des ungewöhnlichen Schauspiels der toten Vögel auf dem Schreibtisch zu erzittern. Auch ärgerte sie nicht einmal der Anblick der entwürdigten Autorität, die hoch auf einer Leiter die Metallgitter des Fensters mit einer Rolle Draht und einem Schraubenzieher instand setzte. In diesem Augenblick dachte sie an keine andere Würde als an ihre eigene, in Form ihrer Fliegenfenster verhöhnte Würde, und ihre Verstörung hinderte sie sogar daran, die Fenster ihres Hauses mit denen des Rathauses in Verbindung zu bringen. Mit zurückhaltender Feierlichkeit stellte sie sich zwei Schritt von der Tür entfernt im Büro auf und sagte, auf den großen, verzierten Griff ihres Sonnenschirms gestützt: »Ich möchte eine Beschwerde einreichen.«

Auf der Spitze der Leiter wandte der Bürgermeister das hitzegedunsene Gesicht zu ihr herab. Er bekundete keinerlei Gemütsbewegung angesichts des ungewöhnlichen Auftritts der Witwe in seiner Kanzlei. Mit mürrischer Nachlässigkeit löste er das zerrissene Maschennetz weiter ab und fragte von oben: »Worum handelt es sich?«

»Darum, dass die Straßenjungen der Nachbarschaft mir meine Fliegenfenster zerrissen haben.«

Nun blickte der Bürgermeister sie wieder an. Musterte sie eingehend von den bildschönen Samtblümchen bis zu den altsilberfarbenen Schuhen, und es war, als sehe er sie zum ersten Mal in seinem Leben. Mit sparsamen Schritten stieg er herab, ohne sie aus den Augen zu lassen, und als er festen Boden unter den Füßen hatte, legte er eine Hand an seinen Gürtel und deutete mit dem Schraubenzieher zum Schreibtisch.

»Das sind keine Straßenjungen, Señora. Das sind Vögel.«

Jetzt erst brachte sie die toten Vögel auf dem

Schreibtisch mit dem auf die Leiter gekletterten Mann in Verbindung sowie mit den zerfetzten Fliegenfenstern ihrer Schlafnischen. Sie erzitterte bei der Vorstellung, dass alle Schlafzimmer ihres Hauses voller toter Vögel seien.

»Die Vögel!«, rief sie aus.

»Die Vögel!«, bestätigte der Bürgermeister. »Merkwürdig, dass Ihnen nicht schon vor drei Tagen aufgefallen ist, dass uns die Vögel die Fenster zerfetzen und in unseren Häusern sterben.« Als Señora Rebeca das Rathaus verließ, fühlte sie sich beschämt. Und war ein wenig böse auf Argénida, die zwar jeden Dorfklatsch mit nach Hause brachte, ihr aber nichts von den Vögeln erzählt hatte. Geblendet vom Glanz eines bevorstehenden August, spannte sie den Sonnenschirm auf, und während sie durch die glutheiße, verlassene Straße ging, hatte sie den Eindruck, dass die Bettnischen aller Häuser einen starken, aufsässigen Geruch nach toten Vögeln verströmten.

Es war in den letzten Julitagen, und nie im Leben des Dorfs war es so heiß gewesen. Doch seine Bewohner, beeindruckt von der Vogelsterblichkeit, merkten das nicht. Wenngleich das sonderbare Phänomen die Tätigkeiten des Dorfs nicht ernsthaft beeinflusst hatte, stand seine Mehrheit Anfang August gleichwohl unter seinem Bann. Eine Mehrheit, zu der nicht seine Hochwürden Antonio Isabel vom Heiligsten Altarsakrament Castañeda und Montero gehörte, der sanfte Gemeindepfarrer, der im Alter von nunmehr vierundneunzig Jahren beteuerte, den Teufel bei drei Gelegenheiten gesehen zu haben, aber nur zwei tote Vögel gesehen hatte, ohne ihnen die geringste Bedeutung beizumessen. Den ersten fand er eines Dienstags in der Sakristei nach der Messe und dachte, eine Katze aus der Nachbarschaft habe ihn hereingeschleppt. Den zweiten fand er am Mittwoch in der Veranda des Pfarrhauses und schob ihn mit dem Fuß auf die Straße, wobei er dachte: *Katzen dürfte es nicht geben.*

Am Freitag jedoch, als er zur Eisenbahnstation kam, fand er einen dritten toten Vogel auf der Bank, die er zum Ausruhen wählte. Es war wie ein Blitz in seinem Innern, als er den Leichnam an den Füßchen fasste, ihn auf Augenhöhe hob, ihn umdrehte, prüfte und erschrocken dachte: *Potztausend, das ist der dritte, den ich diese Woche finde.* Von diesem Augenblick an begann Pater Antonio Isabel sich klarzumachen, was im Dorf vorging, wiewohl auf sehr ungenaue Weise, war er doch teils durch sein Alter, teils weil er beteuerte, den Teufel bei drei Gelegenheiten gesehen zu haben (was dem Dorf etwas überspannt vorkam), unter seinen Pfarrkindern als guter, friedfertiger und diensteifriger Mensch angesehen, der aber für gewöhnlich in den Wolken schwebte. Zwar machte er sich klar, dass mit den Vögeln etwas nicht stimmte, hielt den Vorfall aber keiner Predigt für würdig. Er war der Erste, der den

Geruch wahrnahm. Er roch ihn Freitagnacht, als er bestürzt erwachte, nachdem sein leichter Schlaf von einem Pesthauch unterbrochen worden war, doch wusste er nicht, ob er ihn einem Albtraum oder einem neuen, originellen Kunstgriff Satans zuschreiben sollte, um seinen Schlaf zu stören. Er schnupperte umher und drehte sich im Bett um, wähnend, die Erfahrung könne ihm zu einer Predigt verhelfen. Das könnte, so dachte er, eine dramatische Predigt über Satans Geschicklichkeit werden, sich durch irgendeinen der fünf Sinne ins menschliche Herz einzuschleichen.

Als er am nächsten Tag vor der Messe den Vorhof durchschritt, hörte er zum ersten Mal von den toten Vögeln reden. Er dachte an seine Predigt, an Satan und die Sünden, die sich durch den Geruchssinn begehen lassen, als er jemand sagen hörte, der üble Geruch während der Nacht rühre von den während der Woche eingesammelten Vögeln her; und schon bildete sich in seinem Kopf ein wirrer Aufruhr von evangelischen Warnungen, von üblen Gerüchen und toten Vögeln. So musste er am Sonntag einen besonderen Abschnitt über die Nächstenliebe aus dem Stegreif dichten, den er selbst nicht ganz verstand, und dabei vergaß er für immer die Beziehungen zwischen dem Teufel und den fünf Sinnen.

Übrigens ruhten wohl diese Erfahrungen in einem sehr fernen Winkel seines Denkens verborgen. Das war ihm schon immer so gegangen, nicht nur vor über siebzig Jahren im Seminar, sondern auch auf recht eigenartige Weise, seitdem er die neunzig erreicht hatte. Eines sehr hellen Nachmittags, als ein starker gewitterloser Regenguss niederging, las er im Seminar ein Stück Sophokles in der Originalsprache. Als der Regen nachließ, sah er durchs Fenster die ermüdeten Felder, den blankgewaschenen, neuen Nachmittag und vergaß ganz das griechische Theater und die Klassiker, die er nicht voneinander unterschied, sondern verallgemeinernd die »Alterchen von altersher« nannte. Eines regenlosen Nachmittags etwa dreißig, vierzig Jahre später überquerte er den gepflasterten Platz eines Dorfs, das er gerade besuchte, und sagte unwillkürlich die sophokleische Strophe auf, die er im Seminar gelesen hatte. In derselben Woche unterhielt er sich ausgiebig über die »Alterchen von altersher« mit dem apostolischen Vikar, einem redseligen, leicht erregbaren Alten, Liebhaber etlicher verzwickter Rätsel für Gebildete, die er angeblich erfunden hatte und die später unter dem Namen Kreuzworträtsel beliebt wurden.

Diese Unterhaltung erlaubte ihm, mit einem Schlag all seine alte, innige Liebe zu den griechischen Klassikern wieder zu finden. Am Weihnachtstag jenes Jahres erhielt er einen Brief. Und da er nicht Bischof war, weil er sich schon zu jener Zeit den dauerhaften Ruf erworben hatte, übertrieben phantasievoll, verwegen in seinen Auslegungen und ziemlich ungereimt in seinen Predigten zu sein, hätte man ihn bei dieser Gelegenheit zum Bischof ernannt.

Doch schon viele Jahre vor dem Krieg von Fünfundachtzig saß er in dem Dorf fest; und schon vor der Zeit, als die Vögel zum Sterben in die Schlafzimmer drangen, hatte man gebeten, ihn durch einen jüngeren Priester zu ersetzen, besonders als er behauptete, den Teufel gesehen zu haben. Seither nahm man ihn nicht mehr ernst, was er nur sehr vage wahrnahm, obwohl er noch immer die kleinen Buchstaben seines Breviers ohne Brille entziffern konnte.

Stets war er ein Mensch regelmäßiger Gewohnheiten gewesen. Klein, unscheinbar, von betont kräftigem Knochenbau, gelassenen Gebärden und einer schmerzstillenden Stimme fürs Gespräch, doch zu schmerzstillend für die Kanzel. Die Zeit bis zum Mittagessen verbrachte er in seiner Bettnische und drehte Papierkügelchen, in seinen Segeltuchsessel geräkelt und nur mit langen, an den Knöcheln festgebundenen Sergeunterhosen bekleidet. Seine einzige Tätigkeit bestand im Messelesen. Zweimal in der Woche setzte er sich in den Beichtstuhl, doch seit Jahren kam niemand mehr zur Beichte. Er glaubte schlichtweg, seine Pfarrkinder seien dabei, infolge der modernen Sitten den Glauben zu verlieren; deshalb hätte er es als höchst passendes Ereignis erachtet, den Teufel bei drei Gelegenheiten gesehen zu haben, wenngleich er wusste, dass die Leute seinen

Worten wenig Vertrauen entgegenbrachten, und er war sich klar, nicht sehr überzeugend zu klingen, wenn er von diesen Erfahrungen sprach. Für ihn selbst wäre die Entdeckung, tot zu sein, keine Überraschung gewesen, nicht nur im Verlauf der letzten fünf Jahre, sondern auch in jenen außergewöhnlichen Augenblicken, da er die ersten zwei Vögel fand. Als er übrigens den dritten fand, kam er ein wenig zum Leben, dergestalt, dass er in den darauf folgenden Tagen mit beachtlicher Häufigkeit an den toten Vogel auf der Bahnhofsbank dachte.

Er wohnte zehn Schritte vom Gotteshaus entfernt in einem kleinen Haus ohne Fliegenfenster mit einer auf die Straße gehenden Veranda und zwei Kammern, die ihm als Arbeits- und Schlafzimmer dienten. In Augenblicken von geringer Klarheit hielt er es für möglich, das Glück auf Erden zu erlangen, wenn es nicht sehr heiß sei, und dieser Gedanke bereitete ihm ein Gran Ratlosigkeit. Es gefiel ihm nämlich, sich auf metaphysischen Holzwegen zu verirren. Das tat er, wenn er sich jeden Morgen bei halbgeöffneter Tür auf die Veranda setzte, die Augen schloss und die Muskeln entspannte. Übrigens wurde ihm nicht bewusst, dass sein Denken so feinsinnig geworden war, dass er bereits seit drei Jahren in Augenblicken der Meditation an nichts mehr dachte. Schlag zwölf durchschritt ein junger Mann die Veranda mit einem vierteiligen Essensträger, der jeden Tag das Gleiche enthielt: Knochenbrühe mit einem Stück Yuccawurzel, weißen Reis, zwiebelloses Schmorfleisch, gebratene Banane oder Maiskuchen und etwas Linsengemüse, das Pater Antonio Isabel vom Heiligsten Altarsakrament noch nie angerührt hatte.

Der junge Mann stellte den Essensträger neben den Stuhl, in dem der Priester ruhte, doch dieser öffnete die Augen erst, wenn er die Schritte auf der Veranda verhallen hörte. Daher glaubte man im Dorf, der Pater halte seinen Mittagsschlaf vor dem Mittagessen (was ebenfalls überspannt schien), während er in Wahrheit nicht einmal nachts richtig schlief.

Zu jener Zeit hatten sich seine Gewohnheiten bis zur Urwüchsigkeit vereinfacht. Er aß zu Mittag, ohne sich aus seinem Segeltuchstuhl zu rühren, ohne die Gerichte aus dem Essensträger zu nehmen, ohne Teller, Gabel oder Messer zu gebrauchen, ausgenommen den Löffel, mit dem er die Suppe aß. Dann stand er auf, schüttete sich etwas Wasser auf den Kopf, zog die weiße, mit großen viereckigen Flicken besetzte Soutane an und schritt zur Eisenbahnstation, genau in der Stunde, in der das übrige Dorf sich zum Mittagsschlaf niederlegte. Seit mehreren Monaten machte er diesen Weg und murmelte dabei das Gebet, das er das letzte Mal, als ihm der Teufel erschienen war, erfunden hatte.

Eines Samstags – neun Tage, seitdem tote Vögel herabfielen – machte sich Pater Antonio Isabel vom

Allerheiligsten Altarsakrament zum Bahnhof auf den Weg, als ihm genau vor Señora Rebecas Haus ein sterbender Vogel vor die Füße fiel. Ein Blitz der Klarheit durchzuckte seinen Kopf, und ihm wurde bewusst, dass jener Vogel, im Gegensatz zu den anderen, zu retten war. Er hob ihn auf und klopfte an Señora Rebecas Tür, gerade als sie ihr Mieder löste, um sich zum Mittagsschlaf hinzulegen.

In ihrer Bettnische hörte die Witwe das Klopfen und wandte instinktiv den Blick zu den Fliegenfenstern. Seit zwei Tagen war kein Vogel in ihre Nische gedrungen. Doch der Maschendraht war noch immer zerfetzt. Solange die Vogelinvasion, die ihre Nerven in Aufruhr hielt, nicht aufhörte, hielt sie die Instandsetzung für eine nutzlose Ausgabe. Durch das Summen des elektrischen Ventilators hindurch hörte sie das Pochen an der Tür und erinnerte sich ärgerlich daran, dass Argénida ihren Mittagsschlaf in der letzten Bettnische der Veranda hielt. Sie kam nicht einmal auf den Gedanken, sich zu fragen, wer sie zu dieser Stunde stören könne. Sie knöpfte ihr Mieder wieder zu, schritt durch die Fliegentür, ging aufrecht und geziert die Veranda entlang, durchquerte das mit Möbeln und Zierrat voll gestopfte Wohnzimmer, und bevor sie die Haustür öffnete, sah sie durch den Maschendraht Pater Antonio Isabel, der schweigsam, mit erloschenen Augen dort draußen stand, einen toten Vogel in der Hand hielt und (bevor sie die Tür öffnen konnte) sagte: »Wenn wir ihn mit etwas Wasser beträufeln und ihn unter einen Totumakürbis setzen, bin ich sicher, dass er wieder zu sich kommt.« Und als Señora Rebeca die Tür öffnete, fühlte sie, dass sie vor Schrecken verging.

Er blieb nicht länger als fünf Minuten. Señora Rebeca glaubte, sie sei es gewesen, die den Vorfall abgekürzt habe. In Wirklichkeit jedoch war es der Pater gewesen. Hätte die Witwe in diesem Augenblick nachgedacht, so hätte sie gemerkt, dass der Priester in den dreißig Jahren, die er im Dorf wohnte, nie mehr als fünf Minuten in ihrem Haus verweilt war. Ihm schien, dass in dem verschwenderischen Zierrat des Wohnzimmers deutlich die Habsucht der Hausbesitzerin zutage trat, trotz ihrer entfernten, doch anerkannten Verwandtschaft mit dem Bischof. Außerdem war eine Legende (oder eine Geschichte) über Señora Rebecas Familie im Umlauf, die – so dachte der Pater – sicherlich nicht bis zum Bischofspalast gedrungen war, obschon Oberst Aureliano Buendía, Vetter väterlicherseits der Witwe, den sie für aus der Art geschlagen hielt, einmal versichert hatte, der Bischof habe das Dorf im neuen Jahrhundert nicht besucht, um den Besuch bei seinen Verwandten zu vermeiden. Doch mochte dies Geschichte sein oder Legende, fest stand, dass Pater Antonio Isabel vom Allerheiligsten Altarsakrament sich nicht wohl fühlte in diesem Haus, dessen einzige Bewohnerin nie Zeichen von Frömmigkeit gezeigt hatte und nur einmal im Jahr beichten ging, dafür aber mit Ausflüchten antwortete, sobald er sie auf den dunklen Tod ihres Mannes festnageln wollte. Wenn er jetzt da war und darauf wartete, dass sie ein Gefäß mit Wasser brachte, um einen Vogel in Todesqual zu baden, so wurde dies durch einen Umstand bestimmt, den er selber nie hervorgerufen hätte.

Während er auf die Rückkehr der Witwe wartete, spürte der in einem prachtvoll geschnitzten Schaukelstuhl sitzende Priester die merkwürdige Feuchtigkeit des Hauses, das nicht zur Ruhe gekommen war seit dem Augenblick vor über vierzig Jahren, als ein Pistolenschuss erschallt und José Arcadio Buendía, Bruder des Obersten, unter Schnallen- und Sporengeklirr mit dem Gesicht auf die noch warmen, soeben ausgezogenen Gamaschen gestürzt war. Als Señora Rebeca wieder ins Wohnzimmer trat, sah sie Pater Antonio Isabel im Schaukelstuhl sitzen mit jenem Anflug von Verträumtheit, der sie stets zu Tode erschreckte.

»Das Leben eines Tiers«, sagte der Pater, »ist unserem Herrgott ebenso teuer wie das eines Menschen.« Als er das sagte, dachte er nicht an José Arcadio Buendía. Noch dachte er an die Witwe. Sie hingegen war nicht gewohnt, den Worten des Paters Glauben zu schenken, seitdem er auf der Kanzel von den drei Malen gesprochen hatte, da ihm der Teufel erschienen war. Ohne ihn zu beachten, nahm sie den Vogel in die Hände, tauchte ihn im Gefäß unter und schüttelte ihn. Der Pater beobachtete, dass in ihrer Handlungsweise Unbarmherzigkeit lag, Nachlässigkeit, ein völliger Mangel an Rücksicht gegen das Leben des Tiers.

»Sie mögen Vögel nicht«, sagte er sanft, aber bestimmt. Ungeduldig, ja feindselig hob die Witwe die Lider.

»Wenn ich sie einmal gemocht habe«, sagte sie, »so sind sie mir jetzt zuwider, da sie darauf verfallen sind, in den Häusern zu sterben.«

»Es sind viele gestorben«, sagte er unerbittlich. Man hätte meinen mögen, in der Eintönigkeit seiner Stimme klinge viel Schlauheit mit.

»Alle«, sagte die Witwe. Und fügte hinzu, während sie das Tier widerwillig trocken drückte und unter eine Kürbisschale legte: »Es wäre mir gleichgültig, hätten sie mir nicht die Fliegenfenster zerrissen.« Ihm schien, als habe er nie so viel Härte des Herzens erlebt. Als der Priester im nächsten Augenblick den Vogel in der eigenen Hand hielt, gewahrte er, dass das Herz in dem winzigen wehrlosen Körper zu schlagen aufgehört hatte. Nun vergaß er alles, die Feuchtigkeit des Hauses, die Habsucht, den unerträglichen Pulvergeruch am Leichnam José Arcadio Buendías, und wurde sich der erstaunlichen Wahrheit bewusst, die ihn seit Beginn der Woche umgab. Genau hierselbst, während die Witwe ihn mit dem toten Vogel und einem bedrohlichen Gesichtsausdruck das Haus verlassen sah, erlebte er die wundersame Offenbarung: ein Regen toter Vögel fiel auf das Dorf, und er, der Diener Gottes, der Auserwählte, der das Glück gekannt hatte, wenn es nicht zu heiß war, hatte die Apokalypse völlig vergessen.

An jenem Tag ging er wie immer zur Eisenbahnstation, war sich aber seiner Handlungen nicht voll bewusst. Er wusste vage, dass etwas in der Welt geschah, doch fühlte er sich stumpf, blöd und des Augenblicks unwürdig. Auf der Bahnhofsbank sitzend, versuchte er sich zu erinnern, ob Vogelregen in der Apokalypse vorkam, hatte es aber völlig vergessen. Mit einemmal dachte er, dass er durch den Aufenthalt in Señora Rebecas Haus den Zug verpasst hatte, hob den Kopf über die staubigen zerbrochenen Fensterscheiben und sah auf der Uhr des Stationsvorstehers, dass es zwölf Minuten vor eins war. Als er zur Bank zurückkehrte, hatte er einen Erstickungsanfall. In diesem Augenblick erinnerte er sich daran, dass es Samstag war. Eine Sekunde lang bewegte er, verirrt in seinem nebeldüsteren Innern, seinen Fächer aus geflochtenen Palmblättern. Dann geriet er in Verzweiflung über die Knöpfe seiner Soutane und die Knöpfe seiner Schuhe und seine langen engen Sergeunterhosen und erkannte bestürzt, dass ihm in seinem Leben nie so heiß gewesen war.

Ohne sich von der Bank zu rühren, knöpfte er

den Kragen seiner Soutane auf, förderte aus dem Ärmel sein Taschentuch zutage, wischte sich das hitzegedunsene Gesicht und dachte dabei in einem Augenblick erleichterter Leidenschaftlichkeit, vielleicht wohne er der Entstehung eines Erdbebens bei. Das hatte er irgendwo gelesen. Übrigens war der Himmel wolkenlos, ein durchsichtiger, blauer Himmel, aus dem geheimnisvollerweise alle Vögel verschwunden waren. Pater Antonio wurde sich der Hitze und Durchsichtigkeit bewusst, vergaß sekundenlang die toten Vögel. Er dachte nun an anderes, an die Möglichkeit, dass Sturm aufkommen könne. Trotzdem war der Himmel durchscheinend und ruhig, als sei es der Himmel eines fernen anders gearteten Dorfs, wo er nie Hitze empfunden hatte, als schauten nicht seine, sondern andere Augen darauf. Dann blickte er gen Norden über die Dächer aus Palmblättern und verrostetem Blech hinweg und sah den kriechenden, den stummen, den gleich bleibenden Flecken der Aasgeier über dem Misthaufen.

Aus irgendeinem geheimnisvollen Grund fühlte der Pater, dass in diesem Augenblick Gemütsbewegungen in ihm auflebten, die er eines Sonntags im Seminar durchlebt hatte, kurz bevor er die niederen Weihen empfing. Der Rektor hatte ihm gestattet, seine Privatbibliothek zu benutzen; er brachte deshalb Stunden um Stunden (zumal an Sonntagen) dort zu, in die Lektüre einiger vergilbter Bücher vertieft, die nach altem Holz rochen und von lateinischen Anmerkungen in des Rektors winzigsteiler Kritzelschrift wimmelten. Eines Sonntags, nachdem er den ganzen Tag gelesen hatte, betrat der Rektor den Raum und hob hastig und bestürzt ein Kärtchen auf, das anscheinend aus den Seiten des Buches, in dem der Pater las, gefallen war. Dieser nahm die Verwirrung seines Vorgesetzten mit verschwiegener Gleichgültigkeit wahr, konnte aber noch gerade das Kärtchen lesen. Ein einziger Satz stand darauf in violetter, deutlicher, steiler Tintenschrift: *Madame Yvette est morte cette nuit.* Mehr als ein halbes Jahrhundert später, als er einen Flecken aus Aasgeiern über einem vergessenen Dorf sah, fiel ihm der Rektor ein, der mit verschlossenem, dank der Abenddämmerung violettem Gesicht und unmerklich beschleunigtem Atem vor ihm gesessen hatte.

Unter dem Eindruck dieser Gedankenverbindung fühlte er jetzt keine Hitze mehr, sondern das Gegenteil, eiskaltes Kribbeln in Leisten und Fußsohlen. Er fühlte Entsetzen, ohne den genauen Grund für dieses Entsetzen zu kennen, gefangen wie es war in einem Gewirr verschlungener Gedanken, unter denen sich weder eine Ekel erregende Empfindung wahrnehmen ließ noch der im Kot steckende Huf Satans, auch nicht ein auf die Welt einfallender Schwarm toter Vögel, während er, Antonio Isabel vom Allerheiligsten Altarsakrament, diesem Ereignis gegenüber gleichgültig blieb. Dann richtete er sich auf, hob eine erschrockene Hand wie als Andeutung eines im Leeren verschwebenden Grußes und rief tödlich erschrocken: »Der Ewige Jude.«

In diesem Augenblick pfiff der Zug. Zum ersten Mal in vielen Jahren hörte er ihn nicht. Er sah ihn rauchumhüllt in die Station einfahren und hörte den Kohlenstaubhagel auf dem verrosteten Wellblechdach. Doch das war wie ein ferner undeutlicher Traum, aus dem er erst gegen Abend vollständig erwachte, kurz nach vier Uhr, als er der gewaltigen Predigt, die er am Sonntag halten wollte, die letzten Glanzlichter aufsetzte. Acht Stunden später wurde er geholt, um einer Frau die Letzte Ölung zu spenden.

Somit erfuhr der Pater nicht, wer an jenem Nachmittag mit dem Zug angekommen war. Lange Zeit hatte er die vier ausgeleierten, ausgebleichten Waggons ein- und ausfahren sehen, erinnerte sich jedoch nicht, dass jemand zum Bleiben ausgestiegen wäre, zumindest nicht in den letzten Jahren. Früher war es anders gewesen, als man einen ganzen Nachmittag lang einen mit Bananen beladenen Zug vorbeifahren sehen konnte, einhundertundvierzig fruchtbeladene Waggons, vorüberfahrend ohne vorüberzufahren, bis nach bereits eingebrochener Nacht der letzte Waggon vorüberfuhr mit einem eine grüne Lampe schwenkenden Mann. Dann sah Pater Antonio das Dorf auf der anderen Seite des Schienenstrangs –

schon mit angezündeten Lichtern –, und es schien ihm, als habe der Zug ihn allein im Vorbeifahrensehen in ein anderes Dorf mitgenommen. Vielleicht rührte daher seine Angewohnheit, jeden Tag zur Bahnstation zu gehen, besonders nachdem die Arbeiter durch Maschinengewehrfeuer niedergemäht worden und die Bananenpflanzungen eingegangen und mit ihnen die Eisenbahnzüge von einhundertundvierzig Waggons verschwunden waren, und nur jener vergilbte staubige Zug übrig geblieben war, der nie jemanden brachte und nie jemanden mitnahm.

Doch an jenem Samstag kam jemand an. Als Pater Antonio Isabel vom Allerheiligsten Altarsakrament sich von der Station entfernte, sah ein friedlicher junger Mann, an dem abgesehen von seinem Hunger nichts Besonderes war, ihn vom Fenster des letzten Wagens aus genau in dem Augenblick, als er sich daran erinnerte, dass er seit dem Vortag nichts gegessen hatte. Er dachte: *Wenn es einen Pfarrer gibt, muss es auch ein Hotel geben.* Und stieg aus, überquerte die von der metallenen Augustsonne weiß glühende Straße und betrat das kühle Halbdunkel eines der Station gegenüberliegenden Hauses, aus dem ausgeleierte Grammophonmusik tönte. Sein von zweitägigem Hunger geschärfter Geruchssinn sagte ihm, dass es ein Hotel sei. Dort hinein ging er, ohne das Schildchen *Hotel Macondo* zu sehen, eine Aufschrift, die er im Leben nicht wieder lesen sollte.

Die Besitzerin war mindestens im fünften Monat. Sie war senffarben und sah aus, als sei sie identisch mit seiner Mutter, als diese mit ihm schwanger war. Er bat »um ein Mittagessen, so rasch wie möglich«, und sie, ohne sich zur Eile zu bequemen, trug ihm einen Teller Suppe auf sowie ein hart gekochtes Ei mit grünem Bananenhaschee. In diesem Augenblick pfiff der Zug. In den warmen, gesunden Suppendampf gehüllt, berechnete er den Abstand, der ihn von der Station trennte, und fühlte sich sofort von jener Panik gepackt, die das Verpassen eines Zugs auslöst. Er versuchte loszurennen. Kam bis zur Tür, angstgepeinigt, doch er hatte noch keinen Schritt über die Schwelle getan, als ihm klar wurde, dass er den Zug nicht mehr erreichen würde. Als er zum Tisch zurückkehrte, hatte er seinen Hunger vergessen; er sah am Grammophon ein Mädchen, das ihn mitleidlos ansah, mit dem fürchterlichen Gesichtsausdruck eines schwanzwedelnden Hundes. Zum ersten Mal an diesem ganzen Tag nahm er den Hut ab, den seine Mutter ihm vor zwei Monaten geschenkt hatte, und klemmte ihn zwischen die Knie, während er fertig aß. Als er vom Tisch aufstand, schien ihn weder der verpasste Zug zu bekümmern noch die Aussicht, ein Wochenende in einem Dorf verbringen zu müssen, dessen Namen festzustellen ihn nicht interessierte. Er setzte sich in einen Winkel des Raums, das Rückgrat gegen einen harten steilen Stuhl gelehnt, und verharrte so eine geraume Weile, ohne die Schallplatte zu hören, bis das Mädchen, das sie aufgelegt hatte, sagte: »Auf der Veranda ist es kühler.«

Ihm war übel. Es kostete ihn Mühe, mit Unbekannten bekannt zu werden. Es ängstigte ihn, Leuten ins Gesicht zu sehen, und wenn ihm nichts anderes übrig blieb als zu sprechen, kamen andere Worte, als er ausgedacht hatte. »Ja«, antwortete er. Und bekam eine Gänsehaut. Er wollte schaukeln und vergaß, dass er nicht in einem Schaukelstuhl saß.

»Die Leute, die hierher kommen, rücken einen Stuhl in die Veranda, wo es kühler ist«, sagte das Mädchen. Als er es reden hörte, wurde ihm zu seiner Beklemmung klar, dass das Mädchen unterhalten sein wollte. Er wagte, es in dem Augenblick anzusehen, als es das Grammophon aufzog. Es schien seit Monaten, vielleicht seit Jahren dort zu sitzen und bekundete nicht den geringsten Wunsch, sich vom Fleck zu bewegen. Zwar zog es das Grammophon auf, doch sein Leben war daran gebunden. Es lächelte.

»Danke«, sagte er, bemüht aufzustehen, seine Bewegungen gelöst und unmittelbar erscheinen zu lassen. Das Mädchen blickte ihn unverwandt an. Sagte: »Die Leute hängen auch ihre Hüte an den kleinen Kleiderrechen.«

Diesmal bekam er heiße Ohren. Er zitterte bei dem Gedanken an ihre Art, auf Dinge aufmerksam zu machen. Er fühlte sich unbehaglich, in die Enge getrieben, wieder packte ihn Panik wegen des verpassten Zuges. Doch in diesem Augenblick trat die Besitzerin in den Raum.

»Was macht er?«, fragte sie.

»Er rückt den Stuhl in die Veranda, wie es alle machen«, sagte das Mädchen.

Er glaubte einen Anflug von Spott aus ihren Worten zu hören.

»Bemühen Sie sich nicht«, sagte die Besitzerin. »Ich bringe Ihnen einen Schemel.«

Das Mädchen lachte, und er geriet aus der Fassung. Es war heiß. Eine trockene, glatte Hitze, er schwitzte. Die Besitzerin rollte einen Holzschemel mit lederner Rückenlehne auf die Veranda. Er wollte ihr folgen, als das Mädchen wieder sprach.

»Schlimm ist, dass die Vögel Sie erschrecken werden.«

Er erhaschte den scharfen Blick, den die Besitzerin dem Mädchen zuwarf. Es war ein rascher, aber durchdringender Blick.

»Den Mund halten sollst du«, sagte sie und wandte sich lächelnd an ihn. Nun fühlte er sich weniger allein und verspürte das Bedürfnis zu sprechen. »Was sagen Sie?«, fragte er.

»Dass zu dieser Stunde tote Vögel auf die Veranda fallen«, sagte das Mädchen.

»Das sind so ihre Mätzchen«, sagte die Besitzerin. Sie beugte sich über das Tischchen in der Mitte und ordnete darauf einen Strauß aus künstlichen Blumen. Ihre Finger zitterten nervös.

»Keine Mätzchen von mir«, sagte das Mädchen. »Du selber hast vorgestern zwei fortgefegt.«

Gereizt blickte die Besitzerin es an. Sie hatte einen bekümmerten Gesichtsausdruck und den augenscheinlichen Wunsch, alles zu erklären, bis nicht die geringste Spur eines Zweifels übrig war.

»Es geht darum, Señor, dass vorgestern die jungen Leute zwei tote Vögel auf die Veranda geworfen haben, um sie zu belästigen, und dann haben sie zu ihr gesagt, es fielen tote Vögel vom Himmel. Sie schluckt alles, was man ihr erzählt.«

Er lächelte. Die Erklärung kam ihm komisch vor; er rieb sich die Hände und blickte wieder das Mädchen an, das ihn angstvoll betrachtete. Das Grammophon spielte nicht mehr. Die Besitzerin zog sich ins andere Zimmer zurück, und als er auf die Veranda hinaustrat, beharrte das Mädchen mit leiser Stimme: »Ich hab' sie fallen sehen. Glauben Sie mir. Alle Welt hat sie gesehen.«

Jetzt glaubte er, ihre Vorliebe für das Grammophon wie auch die Gereiztheit der Besitzerin zu begreifen.

»Ja«, sagte er mitleidsvoll. Dann, auf die Veranda zugehend: »Auch ich habe sie gesehen.«

Draußen, im Schatten der Mandelbäume, war es weniger heiß. Er lehnte den Schemel an den Türrahmen, legte den Kopf zurück und dachte an seine

Mutter, an seine im Schaukelstuhl liegende Mutter, die das Federvieh mit einem langen Besenstiel verscheuchte, während sie spürte, dass er zum ersten Mal nicht zu Hause war.

Noch in der vergangenen Woche hätte er geglaubt, sein Leben sei eine glatte, kerzengerade Saite, gespannt zwischen dem regnerischen Morgengrauen des letzten Krieges, da er zwischen den vier Lehm- und Bambusrohrwänden einer Landschule zur Welt gekommen war, und jenem Junimorgen, da er zweiundzwanzig Jahre alt geworden und seine Mutter an seine Hängematte getreten war, um ihm einen Hut mit einem Kärtchen zu schenken: »Meinem lieben Sohn zu seinem Geburtstag.« Gelegentlich schüttelte er den Rost des Müßiggangs ab und empfand Sehnsucht nach der Schule, nach der Schiefertafel und der von Mückenkot übersäten Landkarte sowie nach der langen Reihe von Bechern, die unter dem Namen jedes Schulkindes an der Wand hingen. Dort war es nicht heiß. Es war ein grünes, angenehmes Dorf mit lang- und aschfarbenbeinigen Hühnern, die das Klassenzimmer durchstelzten, um sich unter den Schrank mit den Krügen zu legen. Damals war seine Mutter eine traurige, verschlossene Frau gewesen. Gegen Abend setzte sie sich nieder, um den durch die Kaffeefelder gedämpften Wind zu empfangen, und sagte: »Manaure ist das schönste Dorf der Welt«; dann wandte sie sich zu ihm, und wenn sie ihn dumpf in seiner Hängematte wachsen sah, sagte sie: »Wenn du groß bist, wirst du es merken.« Aber er merkte nichts. Er merkte es nicht mit fünfzehn Jahren, schon übergroß für sein Alter, strotzend von jener unverschämten, unbesonnenen Gesundheit, die der Müßiggang beschert. Als er zwanzig wurde, war sein Leben bis auf einige Positionswechsel in der Hängematte unverändert geblieben. Zu jener Zeit verließ seine Mutter wegen ihres Rheumas die Schule, der sie achtzehn Jahre gedient hatte, und sie bezogen ein zweizimmriges Haus mit riesigem Innenhof, wo sie Hühner mit aschfarbenen Beinen züchteten wie jene, die das Klassenzimmer durchstelzt hatten.

Die Versorgung der Hühner war seine erste Berührung mit der Wirklichkeit. Sie blieb auch die einzige bis zum Monat Juli, als seine Mutter an ihre Pensionierung dachte und meinte, ihr Sohn besitze genügend Scharfsinn, um diese zu betreiben. Folglich wirkte er tüchtig bei der Ausarbeitung der Schriftstücke mit und besaß sogar genügend Feingefühl, um den Gemeindepfarrer zu überreden, dass der den Tauftag der Mutter, die das Pensionsalter noch nicht erreicht hatte, um sechs Jahre vordatierte. Am Donnerstag erhielt er von seiner Mutter die letzten, dank ihrer pädagogischen Erfahrung eingehenden Anweisungen, dann unternahm er die Reise in die Stadt mit zwölf Pesos, einer Garnitur Wäsche, dem Stapel Schriftstücke und einer ersten Vorstellung von dem Wort »Pensionierung«, das er bündig als eine bestimmte Geldsumme deutete, die die Regierung ihm für die Schaffung einer Schweinezucht auszahlen sollte.

Hitzebenommen auf der Hotelveranda dösend, hatte er noch nicht über den Ernst seiner Lage nachgedacht. Er vermutete, die Misslichkeit würde am nächsten Tag mit der Rückkehr des Zugs behoben sein, sodass er nur auf den Sonntag zu warten brauchte, um seine Reise fortzusetzen und nie mehr an dieses Dorf zu denken, wo es so unerträglich heiß war. Kurz vor vier fiel er in einen unbehaglich-klebrigen Schlaf und dachte schlafend, wie bedauerlich es sei, dass er seine Hängematte nicht mitgebracht hatte. Da fiel ihm ein, dass er sein Wäschebündel und die Pensionierungsunterlagen im Zug hatte liegen lassen. Jäh aus dem Schlaf auffahrend, dachte er an seine Mutter und wurde wiederum von Panik gepackt.

Als er seinen Stuhl ins Wohnzimmer zog, waren die Lichter im Dorf angegangen. Er kannte elektrische Beleuchtung nicht, sodass er über die armseligen fleckigen Glühbirnen des Hotels staunte. Doch bald erinnerte er sich, dass seine Mutter ihm davon erzählt hatte, und er rückte seinen Stuhl ins Esszimmer, bemüht, den Schmeißfliegen auszuweichen, die die Spiegel beschossen. Er aß ohne Appetit, benebelt von der Unausweichlichkeit seiner Lage, von der drückenden Hitze, von der Bitterkeit einer Einsamkeit, die er zum ersten Mal in seinem Leben erlitt. Nach neun Uhr wurde er ins Hinterhaus geleitet, in eine mit Zeitungen und Zeitschriften tapezierte Holzkammer. Um Mitternacht war er in einen zähen Fiebertraum versunken, während fünf Block weiter Pater Antonio Isabel vom Allerheiligsten Altarsakrament rücklings auf seiner Pritsche lag und daran dachte, dass die Erfahrungen dieser Nacht seiner für die Siebenuhrmesse des kommenden Tags ausgearbeiteten Predigt zugute kamen. Der Pater lag in seinen langen engen Sergeunterhosen im dichten Mückengesumm. Kurz vor zwölf war er durchs Dorf geschritten, um einer Frau die Letzte Ölung zu spenden, und befand sich nun in derart nervös-erhobener Stimmung, dass er die Sakramentsgegenstände neben die Pritsche stellte und sich niederlegte, um seine Predigt zu überdenken. Mehrere Stunden blieb er auf dem Rücken liegen, als er im Morgengrauen den fernen Schlag einer Rohrdommel hörte. Nun versuchte er aufzustehen, raffte sich mühsam hoch, trat auf die Klingel und fiel mit dem Gesicht auf den festen rauen Fußboden des Zimmers.

Kaum war er zu sich gekommen, als er einen bohrenden Schmerz im Rücken hochsteigen fühlte. In diesem Augenblick wurde ihm sein ganzes Gewicht bewusst: das Gewicht seines Körpers, seiner Schuld und seines Alters zusammengenommen. Er fühlte an der Wange die Festigkeit des Steinbodens, der ihm bei der Ausarbeitung seiner Predigten so viele

Male dazu verholfen hatte, sich eine genaue Vorstellung von dem Weg zu machen, der zur Hölle führt. »Christus«, murmelte er erschrocken und dachte: Sicherlich werde ich nie mehr auf die Füße kommen.

Er wusste nicht, wie lange er auf dem Boden gelegen hatte, ohne an etwas zu denken, ohne sich zumindest daran zu erinnern, einen gnädigen Tod zu erflehen. Es war ihm, als sei er tatsächlich einen Augenblick lang tot gewesen. Doch als er sein Bewusstsein wiedererlangte, empfand er weder Schmerz noch Schrecken. Er sah den bleichen Lichtstrahl unter der Tür, hörte fern und trostlos das Krähen der Hähne und wurde sich bewusst, dass er lebte und sich genau der Worte seiner Predigt erinnerte.

Als er den Riegel der Tür zurückschob, tagte es. Er spürte keinen Schmerz mehr und hatte sogar den Eindruck, dass sein Sturz ihn von seinem Alter entlastet hatte. Alle Güte, die Verirrungen und die Leiden des Dorfs drangen in sein Herz, als er den ersten Mund voll jener Luft schluckte, die blaue, mit Hähnen gefüllte Feuchtigkeit war. Dann blickte er umher, wie um sich mit der Einsamkeit auszusöhnen, und sah im ruhigen Halbdunkel des Tagesanbruchs ein, zwei, drei tote Vögel auf der Veranda.

Neun Minuten lang betrachtete er die drei Leichen und dachte in Übereinstimmung mit der vorgesehenen Predigt, dass dieser Kollektivtod der Vögel Sühne erheische. Er schritt zum anderen Ende der Veranda, hob die drei toten Vögel auf, ging zum Tonkrug, nahm den Deckel ab und tauchte eins, zwei, drei die Vögel ins grüne schlummernde Wasser, ohne genau die Absicht seiner Tat zu kennen. *Drei plus drei ergeben ein halbes Dutzend in einer Woche,* dachte er, und ein überraschender Blitz der Klarsicht sagte ihm, jetzt hebe der große Tag seines Lebens an. Um sieben Uhr setzte die Hitze ein. Im Hotel wartete der einzige Kostgänger aufs Frühstück. Das Mädchen vom Grammophon war noch nicht aufgestanden. Die Besitzerin trat näher, und in diesem Augenblick schien es, als erschallten in ihrem gewölbten Leib die sieben Schläge der Uhr.

»Das hat der Zug Ihnen wenigstens gelassen«, sagte sie mit einem Anflug verspäteten Mitleids. Dann brachte sie das Frühstück: Kaffee mit Milch, ein Spiegelei und grüne Bananen in Scheiben.

Er versuchte zu essen, verspürte jedoch keinen Hunger. Er war bestürzt, dass die Hitze schon eingesetzt hatte. Er schwitzte in Strömen. Er erstickte. Er hatte schlecht geschlafen, in Kleidern, und nun war er fiebrig. Wieder packte ihn Panik, und er dachte an seine Mutter in dem Augenblick, als die Besitzerin herzutrat und die Teller wegnahm, strahlend in ihrem neuen Kleid mit großen grünen Blumen. Das Kleid der Besitzerin erinnerte ihn daran, dass es Sonntag war.

»Ist Messe?«, fragte er.

»Gewiss«, sagte die Frau. »Aber es ist so, als sei keine, weil fast niemand hingeht. Sie haben uns nämlich keinen neuen Pfarrer schicken wollen.«

»Und was ist mit dem alten?«

»Dass er rund hundert Jahre alt ist und halb durchgedreht«, sagte die Frau und blieb reglos stehen, nachdenklich, alle Teller mit einer Hand haltend. Dann sagte sie: »Neulich hat er auf der Kanzel geschworen, er habe den Teufel gesehen, drum geht seitdem fast niemand mehr zur Messe.« So ging er denn in die Kirche, teils aus Verzweiflung, teils aus Neugierde, einen Hundertjährigen zu sehen. Er stellte fest, dass es ein totes Dorf war, mit endlosen staubigen Straßen und düsteren wellblechgedeckten Holzhäusern, die unbewohnt schienen. So also war das Dorf am Sonntag: Straßen ohne Gras, Häuser mit Fliegenfenstern und ein tiefer herrlicher Himmel über erdrückender Hitze. Er dachte, nichts weise darauf hin, dass Sonntag sei und nicht irgendein anderer Tag, und während er durch die verlassene Straße ging, erinnerte er sich an seine Mutter: »Alle Straßen aller Dörfer führen unausweichlich zur Kirche oder zum Friedhof.« In diesem Augenblick gelangte er auf einen kleinen gepflasterten Platz vor einem kalkweißen Gebäude mit einem Turm, einem Holzhahn auf dessen Spitze und einer um vier Uhr zehn stehen gebliebenen Uhr. Ohne sich zu beeilen, überquerte er den Platz, erstieg die drei Stufen des Vorplatzes, roch sofort das Gemisch aus abgestandenem Schweiß und Weihrauch und trat ein in das laue Dämmer der fast leeren Kirche.

Pater Antonio Isabel vom Allerheiligsten Altarsakrament hatte soeben die Kanzel bestiegen. Er wollte seine Predigt beginnen, als er einen jungen Mann mit dem Hut auf dem Kopf eintreten sah. Er sah, wie jener mit seinen großen ruhigen durchsichtigen Augen das fast leere Gotteshaus musterte. Er sah, wie er sich auf die letzte Bank setzte, den Kopf zur Seite geneigt, die Hände auf den Knien. Er gewahrte, dass jener ein Fremder war. Er lebte über zwanzig Jahre im Dorf und hätte jeden seiner Einwohner sogar am Geruch erkennen können. Daher wusste er, dass der soeben eingetretene junge Mann ein Fremder war. Mit einem kurzen eindringlichen Blick bemerkte er, dass er ein schweigsames, etwas trauriges Wesen in schmutziger, zerknitterter Kleidung war. *Als habe er lange in seinem Zeug geschlafen,* dachte er halb angewidert, halb mitleidig. Doch dann, als er ihn in der Bank sah, fühlte er, dass seine Seele Dankbarkeit verströmte, und er schickte sich an, für ihn die große Predigt seines Lebens zu halten. *Christus,* dachte er unterdessen, *erlaube, dass er sich seines Hutes erinnert, damit ich ihn nicht des Gotteshauses verweisen muss*. Und er begann seine Predigt. Anfangs sprach er, ohne sich seiner Worte bewusst zu werden. Er hörte sich nicht einmal sprechen. Hörte nur die bestimmte gelöste Melodie, die einem schlummernden Quell seiner

Seele entfloß, vom Anbeginn der Welt. Er hatte die unbestimmte Gewissheit, dass seine Worte genau hervorsprudelten, angemessen, gewissenhaft, in vorgesehener Reihen- und Zeitfolge. Er fühlte, dass ein warmer Hauch sein Inneres bedrängte. Er wusste aber auch, dass sein Geist rein war von Eitelkeit und dass das Behagen, das seine Stimme umfing, nicht Hoffart war, nicht Aufruhr, nicht Eitelkeit, sondern die reine Freude seines Geistes in Unserem Herrn.

In ihrer Bettnische fühlte Señora Rebeca ihre Sinne schwinden in dem Bewusstsein, dass in Sekunden die Hitze unerträglich ansteigen würde. Hätte sie sich nicht im Dorf verwurzelt gefühlt durch eine dunkle Angst vor Neuigkeiten, sie hätte ihre Siebensachen in eine Truhe mit Mottenkugeln gepackt und wäre aufgebrochen in die Welt, wie es Berichten zufolge ihr Urgroßvater getan hatte. Doch insgeheim wusste sie, dass sie dazu bestimmt war, im Dorf zu sterben, zwischen den endlosen Veranden und den neun Bettnischen, deren Fliegenfenster – das war ihr Plan – sie durch raue Glasfenster ersetzen lassen würde, sobald die Hitze vorüber war. Sie würde also dableiben, beschloss sie (und das war ein Entschluss, den sie stets fasste, wenn sie Wäsche im Schrank ordnete), und sie beschloss gleichfalls, an »Meinen hochillustren Vetter« zu schreiben mit der Bitte, er möge einen jungen Priester schicken, damit sie wieder in ihrem Strohhut mit winzigen Samtblumen in die Kirche gehen und eine geordnete Messe und vernünftige erbauliche Predigten hören könnte. Morgen ist Montag, dachte sie, und begann auf einmal an die Eingangsformel ihres Briefes an den Bischof zu denken (Eingangsformel, die der Oberst Buendía leichtfertig und unehrerbietig genannt hatte), als Argénida jäh die Fliegentür aufriss und rief: »Señora, es heißt, der Pater sei auf der Kanzel verrückt geworden.«

Die Witwe wandte ihr herbstlich bitteres, ihr ureigenstes Gesicht zur Tür: »Er ist seit mindestens fünf Jahren verrückt«, sagte sie. Und widmete sich weiter dem Einräumen ihrer Wäsche: »Vermutlich hat er wieder den Teufel gesehen.«

»Diesmal war es nicht der Teufel«, sagte Argénida.

»Wer denn?«, fragte Señora Rebeca gelassen, gleichgültig.

»Diesmal, sagt er, hat er den Ewigen Juden gesehen.«

Die Witwe bekam eine Gänsehaut. Ein Schwarm wirrer Gedanken, unter denen sie nicht ihre zerrissenen Fliegenfenster auszumachen vermochte, nicht die Hitze, nicht die toten Vögel und den Peststank, schwirrte ihr durch den Kopf, als sie diese Worte hörte, deren sie sich seit den Abenden ihrer fernen Kindheit nicht mehr erinnert hatte: »Der Ewige Jude.« Aschfahl, eisig bewegte sie sich auf Argénida zu, die sie mit offenem Mund anstarrte.

»Es stimmt«, sagte sie mit einer Stimme, die ihrem Innersten entstieg. »Jetzt wird mir klar, warum die Vögel sterben.«

Von Schrecken getrieben, legte sie sich eine schwarze, bestickte Mantille auf den Kopf und eilte wie ein Windstoß durch die lange Veranda und das mit Zierrat voll gestopfte Wohnzimmer und die Haustür und die zwei Häuserblocks, die sie von der Kirche trennten, in der Pater Antonio Isabel vom Allerheiligsten Altarsakrament verklärt sagte: »… Ich schwöre es euch, dass ich ihn gesehen habe. Ich schwöre es euch, dass er mir heute im Morgengrauen über den Weg gelaufen ist, als ich von der Frau des Tischlers Jonas zurückkehrte, der ich die Letzte Ölung gespendet hatte. Ich schwöre euch, dass sein Gesicht vom Fluch des Herrn pechschwarz war und dass er eine Spur glühender Asche hinter sich ließ.«

Der Satz blieb verstümmelt in der Luft hängen. Er wurde sich bewusst, dass er das Zittern seiner Hände nicht beherrschen konnte, dass sein ganzer Körper zitterte und dass ihm ein Faden eiskalten Schweißes über das Rückgrat lief. Ihm wurde übel, während er das Zittern fühlte und den Durst und einen Krampf in den Eingeweiden und ein Geraun, das wie Orgelbass in seinem Innersten dröhnte. Nun wurde ihm die Wahrheit bewusst. Er sah, dass Menschen in der Kirche waren und dass durchs Mittelschiff Señora Rebeca schritt, leidenschaftlich, schauprächtig, mit ausgebreiteten Armen, das verbitterte kalte Gesicht emporgewandt. Er begriff undeutlich, was vorging, und war sogar hellsichtig genug, zu begreifen, dass es Eitelkeit gewesen wäre zu glauben, er habe die Schirmherrschaft über ein Wunder. Demütig stützte er die zitternden Hände auf den Holzrand und nahm seine Rede wieder auf.

»Dann kam er auf mich zu«, sagte er. Diesmal hörte er seine eigene überzeugende, leidenschaftliche Stimme. »Er kam auf mich zu und hatte smaragdgrüne Augen und ein raues Fell und den Geruch eines Bocks. Und ich hob die Hand, um ihn im Namen Unseres Herrn zurechtzuweisen und sagte: ›Halt ein. Der Sonntag ist nie ein guter Tag für ein Opferlamm gewesen.‹« Als er endete, hatte bereits die Hitze eingesetzt. Die zähe, kompakte, glühende Hitze jenes unvergesslichen August. Doch Pater Antonio Isabel merkte die Hitze nicht mehr. Er wusste, dass hinter seinem Rücken das von der Predigt überwältigte Volk wieder auf den Knien lag, doch nicht einmal darüber freute er sich. Er freute sich auch nicht über die unmittelbare Aussicht, dass der Wein seine angestrengte Kehle erfrischen würde. Er fühlte sich unbehaglich und fehl am Platz. Er fühlte sich benommen und vermochte sich im höchsten Augenblick des Opfers nicht zu konzentrieren. Das widerfuhr ihm seit einiger Zeit, doch diesmal war es eine andere Zerstreutheit, weil sein Denken von einer bestimmten Unruhe erfüllt war. Zum ersten

Mal in seinem Leben erlebte er die Hoffart. Und so wie er es sich vorgestellt und in seinen Predigten erläutert hatte, fühlte er, dass die Hoffart eine ebenso große Not war wie der Durst. Mit äußerster Willenskraft schloss er das Tabernakel und sagte: »Pythagoras.«

Der Altardiener, ein Knabe mit schillerndgeschorenem Kopf, Patensohn Pater Antonio Isabels, der dem Kind seinen Namen gegeben hatte, trat zum Altar.

»Sammle das Almosen ein«, sagte der Priester.

»Ich weiß nicht, wo der Teller ist.«

Das stimmte. Seit Monaten wurde kein Almosen mehr eingesammelt.

»Dann hol einen großen Beutel aus der Sakristei und sammle so viel ein wie du kannst«, sagte der Pater.

»Und was sage ich?«, sagte der Junge.

Nachdenklich betrachtete der Pater den bläulich glattgeschorenen Schädel und die hervorstehenden Adern. Und nun war er es, der blinzelte.

»Sag, es ist zur Verbannung des Ewigen Juden«, sagte er und fühlte, dass er bei diesen Worten eine große Last in seinem Herzen trug. Einen Augenblick lang hörte er nur noch das Knistern der Kerzen in dem schweigsamen Gotteshaus und sein eigenes erregtes mühsames Atmen. Und die Hand auf die Schulter des Altardieners legend, der ihn mit runden erschrockenen Augen anblickte, sagte er: »Dann nimmst du den Teller und trägst ihn zu dem jungen Mann, der anfangs allein saß, und sagst ihm, das schickt Ihnen der Pater, damit Sie sich einen neuen Strohhut kaufen können.«

Künstliche Rosen

Durchs Dämmer des Morgengrauens tastend, zog Mina das ärmellose Kleid an, das sie am Vorabend neben das Bett gelegt hatte, und durchwühlte die Truhe auf der Suche nach den falschen Ärmeln. Dann suchte sie sie an den Wandhaken und hinter den Türen, bemüht, keinen Lärm zu machen, um nicht die blinde Großmutter, die im selben Zimmer schlief, zu wecken. Doch als sie sich an die Dunkelheit gewöhnt hatte, merkte sie, dass die Großmutter bereits aufgestanden war, und sie ging in die Küche, um jene nach den Ärmeln zu fragen.

»Sie sind im Badezimmer«, sagte die Blinde. »Ich habe sie gestern Nachmittag gewaschen.«

Dort hingen sie mit zwei hölzernen Wäscheklammern an einem Draht. Sie waren noch feucht. Mina kehrte in die Küche zurück und breitete die Ärmel auf die Steine des Wärmeofens. Vor ihr rührte die Blinde den Kaffee um, die toten Pupillen auf den Rand der Verandafliesen geheftet, wo eine Reihe Blumentöpfe mit Heilpflanzen stand.

»Bitte nimm nicht wieder meine Sachen weg«, sagte Mina. »Zur Zeit kann man nicht mit der Sonne rechnen.«

Die Blinde drehte ihr Gesicht der Stimme zu.

»Ich hatte vergessen, dass es der erste Freitag ist«, sagte sie.

Nachdem sie mit einem tiefen Atemzug festgestellt hatte, dass der Kaffee fertig war, zog sie den Topf vom Feuer.

»Leg ein Stück Papier drunter, die Steine sind schmutzig«, sagte sie.

Mina fuhr mit dem Zeigefinger über die Steine des Wärmeofens. Sie waren schmutzig, doch der Schmutz bestand aus einer festen Rußkruste, die die Ärmel nicht beschmutzte, wenn man sie nicht auf den Steinen rieb.

»Wenn sie schmutzig werden, ist es nicht deine Schuld«, sagte sie.

Die Blinde hatte sich eine Tasse Kaffee eingeschenkt.

»Du bist wütend«, sagte sie und zog einen Stuhl auf die Veranda hinaus. »Es ist eine Gotteslästerung, zum Abendmahl zu gehen, wenn man wütend ist.«

Sie setzte sich und trank ihren Kaffee vor den Rosen des Innenhofs. Als es zum dritten Mal zur Messe läutete, holte Mina die Ärmel aus dem Wärmeofen, doch sie waren noch immer feucht Trotzdem streifte sie sie an. Pater Angel würde ihr das Abendmahl nicht in einem Kleide spenden, das ihre Schultern freiließ. Sie wusch sich nicht das Gesicht. Mit einem Handtuch entfernte sie die Schminkreste, holte im Zimmer das Gebetbuch und die Mantille und trat auf die Straße. Eine Viertelstunde später war sie zurück.

»Du wirst erst nach dem Evangelium da sein«, sagte die Blinde, die vor den Rosen des Innenhofs saß.

Mina ging geradenwegs ins Klosett.

»Ich kann nicht zur Messe gehen«, sagte sie. »Die Ärmel sind nass, und meine ganze Wäsche ist ungebügelt.« Sie fühlte sich von einem hellsichtigen Blick verfolgt.

»Schon am ersten Freitag gehst du nicht mehr zur Messe«, sagte die Blinde.

Vom Klosett zurück, schenkte Mina sich eine Tasse Kaffee ein und setzte sich vor den kalkweißen Türausschnitt neben die Blinde. Aber ihren Kaffee konnte sie nicht trinken.

»Du bist schuld«, murmelte sie in dumpfem Groll, und fühlte Tränen kommen.

»Du weinst ja«, rief die Blinde. Sie stellte die Gießkanne neben die Majorantöpfe und trat in den

Innenhof hinaus, während sie wiederholte: »Du weinst ja.«

Mina stellte die Tasse auf den Boden, ehe sie sich aufrichtete. »Ich weine aus Wut«, sagte sie. Und fügte, auf die Großmutter zutretend, hinzu: »Du musst zur Beichte gehen, weil du schuld bist, dass ich das Abendmahl des ersten Freitags versäumt habe.«

Die Blinde verharrte reglos und wartete darauf, dass Mina die Schlafzimmertür schloss. Dann ging sie bis ans Ende der Veranda. Bückte sich tastend, bis sie die unberührte Tasse fand. Während sie den Kaffee in den Tontopf goss, sagte sie: »Gott weiß, dass ich ein ruhiges Gewissen habe.« Minas Mutter trat aus dem Schlafzimmer.

»Mit wem sprichst du?«, fragte sie.

»Mit niemand«, sagte die Blinde. »Ich habe dir bereits gesagt, dass ich wahnsinnig werde.«

In ihrem Zimmer eingeschlossen, knöpfte Mina sich das Leibchen auf und förderte drei Schlüssel zutage, die sie an einer Ammennadel befestigt trug. Mit einem der Schlüssel schloss sie die untere Schrankschublade auf und holte eine Miniaturholztruhe hervor. Sie öffnete sie mit dem anderen Schlüssel. Darin lag ein mit einem Gummiband verschnürter Stapel Briefe. Sie verbarg ihn in ihrem Leibchen, stellte die kleine Truhe wieder an ihren Platz und verschloss die Schublade. Dann ging sie ins Klosett und warf die Briefe hinein.

»Du warst in der Messe«, sagte die Mutter zu ihr.

»Sie konnte nicht gehen«, warf die Blinde ein. »Ich habe vergessen, dass es der erste Freitag ist und habe die Ärmel gestern Abend gewaschen.«

»Sie sind noch feucht«, murmelte Mina.

»Ich habe dieser Tage viel Arbeit gehabt«, sagte die Blinde.

»Es sind hundertfünfzig Dutzend Rosen, die ich Ostern abliefern muss«, sagte Mina.

Die Sonne wurde früh heiß. Vor sieben Uhr richtete Mina ihre Werkstatt für künstliche Rosen im Wohnzimmer ein: einen Korb mit Blütenblättern und Draht, eine Kiste mit Krepppapier, zwei Scheren, eine Rolle Faden und ein Glas Leim. Gleich darauf kam Trinidad mit ihrer Pappschachtel unter dem Arm und fragte, warum sie nicht zur Messe gegangen sei.

»Ich hatte keine Ärmel«, sagte Mina.

»Irgendjemand hätte dir welche geliehen«, sagte Trinidad. Sie zog einen Stuhl näher und setzte sich neben den Korb mit den Blüten.

»Es wurde mir zu spät«, sagte Mina.

Sie beendete eine Rose. Dann zog sie den Korb zu sich, um Blüten mit der Schere zu kräuseln. Trinidad stellte die Pappschachtel auf den Boden und beteiligte sich an der Arbeit. Mina musterte die Schachtel.

»Hast du dir Schuhe gekauft?«, fragte sie.

»Es sind tote Mäuse«, sagte Trinidad.

Da Trinidad sich aufs Kräuseln von Blüten verstand, überzog Mina die Drahtstängel mit grünem Papier. Sie arbeiteten schweigsam, ohne zu merken, dass die Sonne in dem mit romantischen Bildern und Familienfotografien geschmückten Wohnzimmer vorrückte. Als die Stängel fertig waren, wandte Mina Trinidad ein nahezu körperloses Gesicht zu. Trinidad kräuselte mit bewundernswerter Genauigkeit, sie hielt die Knie zusammengepresst und bewegte nur die Fingerspitzen. Mina musterte ihre Männerstiefel. Trinidad wich dem Blick aus, ohne den Kopf zu heben, zog nur die Füße zurück und unterbrach ihre Arbeit.

»Was ist los?«, sagte sie.

Mina neigte sich ihr entgegen.

»Dass er fort ist«, sagte sie.

Trinidad ließ die Schere in den Schoß sinken. »Nein.«

»Er ist fort«, wiederholte Mina.

Trinidad blickte sie an, ohne mit der Wimper zu zucken. Eine steile Falte teilte ihre zusammengewachsenen Brauen. »Und nun?«, fragte sie.

Mina antwortete ohne ein Zittern in der Stimme.

»Nun, nichts.«

Trinidad verabschiedete sich vor zehn.

Befreit von der Last ihres Geheimnisses, hielt Mina sie einen Augenblick zurück, um die toten

Mäuse ins Klosett zu leeren. Die Blinde beschnitt den Rosenstrauch.

»Du weißt also nicht, was ich in dieser Schachtel habe«, sagte Mina beim Vorbeigehen zu ihr.

Sie schüttelte die Mäuse.

Die Blinde spitzte die Ohren.

»Beweg sie noch mal«, sagte sie.

Mina wiederholte die Bewegung, doch die Blinde konnte die Gegenstände nicht unterscheiden, nachdem sie, das Ohr mit dem Zeigefinger vorgeschoben, gelauscht hatte.

»Das sind die Mäuse, die gestern Abend in die Fallen der Kirche gegangen sind«, sagte Mina.

Beim Rückweg ging sie wortlos an der Blinden vorüber. Doch die Blinde folgte ihr. Als sie ins Wohnzimmer kam, machte Mina am geschlossenen Fenster die künstlichen Rosen fertig.

»Mina«, sagte die Blinde. »Wenn du glücklich sein willst, geh nicht bei Fremden zur Beichte.«

Mina blickte sie wortlos an. Die Blinde setzte sich ihr gegenüber auf den Stuhl und versuchte sich an der Arbeit zu beteiligen. Mina verhinderte es.

»Du bist nervös«, sagte die Blinde.

»Du bist schuld daran«, sagte Mina.

»Warum bist du nicht zur Messe gegangen?«, fragte die Blinde.

»Du weißt es besser als jeder andere.«

»Wäre es wegen der Ärmel gewesen, du hättest dir nicht die Mühe gemacht, aus dem Haus zu gehen«, sagte die Blinde. »Unterwegs hat jemand auf dich gewartet, der dich verstimmt hat.«

Mina fuhr mit den Händen über die Augen der Großmutter, als wolle sie eine unsichtbare Glasscheibe reinwischen.

»Du bist eine Wahrsagerin«, sagte sie.

»Du bist heute Morgen zweimal aufs Klosett gegangen«, sagte die Blinde. »Du gehst sonst nie mehr als einmal.«

Mina bastelte weiter Rosen.

»Würdest du mir wohl zeigen, was du in der Schrankschublade verwahrst?«, fragte die Blinde.

Ohne sich zu beeilen, heftete Mina die Rose an den Fensterrahmen, nahm die drei Schlüsselchen aus dem Leibchen und gab sie der Blinden in die Hand. Sie schloss ihr selbst die Finger darüber.

»Geh und schau mit deinen eigenen Augen«, sagte sie. Die Blinde musterte die Schlüsselchen mit den Fingerspitzen.

»Meine Augen können nicht in den Ausguss des Klosetts sehen.«

Mina hob den Kopf und erlebte eine neue Empfindung: die Blinde, das fühlte sie, wusste, dass sie angesehen wurde.

»Stürz dich in den Ausguss des Klosetts, wenn dich meine Dinge dermaßen interessieren«, sagte sie.

Die Blinde überhörte die Entgegnung. »Du schreibst immer im Bett bis zum Morgengrauen«, sagte sie.

»Du schaltest ja selbst das Licht aus«, sagte Mina.

»Und dann zündest du die Taschenlampe an«, sagte die Blinde. »Ich könnte dir nach deinem Atem sagen, was du schreibst.«

Mina gab sich Mühe, sich nicht zu ärgern.

»Gut«, sagte sie, ohne den Kopf zu heben. »Angenommen, es wäre so: was ist Besonderes daran?«

»Nichts«, antwortete die Blinde. »Nur, dass du dadurch das Abendmahl vom ersten Freitag versäumt hast.«

Mit beiden Händen sammelte Mina die Fadenrolle, die Schere sowie eine Hand voll Stängel und halb fertige Rosen ein. Tat alles in den Korb und blickte die Blinde an.

»Möchtest du nun wissen, was ich im Klosett gemacht habe?«, fragte sie. Die beiden verharrten in Spannung, bis Mina auf ihre eigene Frage antwortete: »Ich habe geschissen.« Die Blinde warf die drei Schlüsselchen in den Korb.

»Das wäre eine gute Entschuldigung«, murmelte sie und ging zur Küche. »Du hättest mich überzeugt, hätte ich nicht zum ersten Mal in deinem Leben eine Vulgarität aus deinem Munde gehört.«

Mit dornigen Zweigen beladen, kam Minas Mutter aus der entgegengesetzten Richtung durch die Veranda.

»Was ist los?«, fragte sie.

»Dass ich wahnsinnig bin«, sagte die Blinde. »Aber anscheinend denkt man nicht daran, mich ins Irrenhaus zu schicken, bevor ich nicht mit Steinen werfe.«

Das Leichenbegängnis der Großen Mama

Dies, Ungläubige der ganzen Welt, ist die wahre Geschichte von der Großen Mama, bedingungslose Herrscherin über das Reich Macondo, die in Ausübung ihrer Macht zweiundneunzig Jahre lang lebte, die an einem Dienstag des vergangenen Septembers im Geruch der Heiligkeit starb und zu deren Leichenbegängnis der Heilige Vater erschien.

Nun, da die in ihren Grundfesten erschütterte Nation ihr Gleichgewicht wiedergewonnen hat, da die Dudelsackpfeifer von San Jacinto, die Schmuggler von Guajira, die Reisbauern von Sinú, die Prostituierten von Guacamayal, die Zauberer von la Sierpe und die Bananenpflücker von Aracataca ihre Zelte aufgeschlagen haben, um sich von der auszehrenden Totenwache zu erholen, da der Präsident der Republik, seine Minister und alle, die bei der je in den Annalen der Geschichte verzeichneten glanzvollsten Bestattungsfeier die öffentliche Macht und die übernatürlichen Gewalten vertraten, ihre Fassung wiedererlangt und ihre Ämter wieder angetreten haben, nun, da der Heilige Vater mit Leib und Seele aufgefahren ist gen Himmel und der Verkehr in Macondo lahm liegt wegen der leeren Flaschen, Zigarettenstummel, abgenagten Knochen, Blechdosen, Lumpen und Exkremente, die die zum Begräbnis herbeigeströmte Menschenmenge zurückgelassen hat, nun ist die Stunde gekommen, einen Hocker vor die Haustür zu stellen und von Anfang an die Einzelheiten dieses nationalen Bebens zu erzählen, bevor die Historiker uns zuvorkommen.

Vor vierzehn Wochen, nach endlosen Nächten der Breiumschläge, Senfpflaster und Schröpfköpfe, befahl die vom sinnenbetäubenden Todeskampf zermürbte Große Mama, man solle sie in ihren alten Rohrschaukelstuhl setzen, damit sie ihren letzten Willen verkünden könne. Das war das einzige Requisit, das ihr noch zum Sterben fehlte. An jenem Morgen hatte sie durch Vermittlung des Paters Antonio Isabel die Geschäfte ihrer Seele geordnet und brauchte daher nur noch die Geschäfte ihrer Geldschränke zu ordnen mit den neun Neffen, ihren Universalerben, die rings um ihr Bett wachten. Der mummelnde und fast hundert Jahre alte Pfarrer blieb im Zimmer. Zehn Männer waren nötig gewesen, um ihn zum Alkoven der Großen Mama hinaufzuschaffen, und man hatte deshalb beschlossen, ihn dort zu lassen, damit er nicht erst hinunter- und in der endgültigen Minute wieder hinaufgeschafft werden musste.

Nicanor, der älteste Neffe, riesenhaft und ungeschlacht, in Khaki und Sporenstiefeln, einen achtunddreißiger Langlaufrevolver unter dem Hemd, ging den Notar holen. Das riesige, zweistöckige, nach Melasse und Majoran riechende Herrenhaus mit seinen dunklen Gemächern, voll gestopft mit Truhen und Plunder vieler in Staub verwandelter Generationen, lag seit der letzten Woche gelähmt in Erwartung dieses Augenblicks. Im langen Mittelgang mit den Haken an den Wänden, an denen zu anderer Zeit geschlachtete Schweine hingen und an schläfrigen Augustsonntagen Wild ausblutete, dösten die Taglöhner massenweise auf Salzsäcken und landwirtschaftlichen Geräten, während sie auf den Befehl warteten, die Reittiere zu satteln, um die Trauerbotschaft in den Umkreis der unermesslichen Besitzung zu tragen. Die übrige Familie war im Wohnzimmer versammelt. Die aschfahlen Frauen, blutleer durch Erbveranlagung und Nachtwachen, trugen tiefe Trauer – die Zusammenfassung ungezählter, aufeinander geschichteter Trauerfälle. Die matriarchalische Strenge der Großen Mama hatte um ihr Vermögen und ihren Namen einen geweihten

Drahtverhau gelegt, in dem die Onkel die Töchter der Nichten heirateten, die Vettern die Tanten und die Brüder die Schwägerinnen, bis ein wirres Geflecht von Blutsverwandtschaften entstanden war, das die Fortpflanzung in einen Teufelskreis verwandelte. Nur Magdalena, die jüngste der Nichten, hatte aus dem Kreis auszubrechen vermocht; von Wahngebilden geschreckt, hatte sie sich von Pater Isabel den Teufel austreiben, hatte sich den Schädel scheren lassen und durch das Noviziat in der apostolischen Präfektur den Wonnen und Eitelkeiten der Welt entsagt. Außerhalb der offiziellen Familie und in Ausübung des Rechts der ersten Nacht hatten die Männer Weiler, Almhütten und Bauernhäuser mit einer ganzen Nachkommenschaft von Bastarden bevölkert, die sich als namenlose Patenkinder, als Untergebene, Günstlinge und Schützlinge der Großen Mama unter dem Gesinde tummelten.

Der drohende Tod bereitete dem aufreibenden Warten ein Ende. Die Stimme der an Ehrerbietung und Gehorsam gewöhnten Sterbenden war in dem geschlossenen Raum kaum hörbarer als ein Orgelbass, hallte jedoch im entlegensten Winkel des Großgrundbesitzes wider. Niemand stand diesem Tod gleichgültig gegenüber. Im gegenwärtigen Jahrhundert war die Große Mama Macondos Mittelpunkt gewesen, so wie ihre Brüder, ihre Väter und Vorväter es in der Vergangenheit durch volle zweihundert Jahre der Vorherrschaft gewesen waren. Das Dorf war rings um ihren Namen gewachsen. Niemand kannte den Ursprung, die Grenzen oder gar den wahren Wert des Familienbesitzes, doch hatte sich alle Welt an die Vorstellung gewöhnt, die Große Mama sei Eigentümerin der fließenden und stehenden Gewässer, des gefallenen und zu fallenden Regens, der Nachbarwege, der Telegrafenmasten, der Schaltjahre und der Hitze und habe überdies Erbanspruch auf jedwedes Leben und Gut. Wenn sie sich auf den Balkon ihres Hauses setzte, um die Abendkühle zu genießen und sich mit dem ganzen Gewicht ihrer Eingeweide und ihrer Machtbefugnis in den alten Schaukelstuhl aus Weidengeflecht sinken ließ, schien sie tatsächlich unendlich reich und mächtig, die reichste und mächtigste Matrone der Welt.

Niemand war auf den Gedanken gekommen, die Große Mama könne sterblich sein, ausgenommen die Mitglieder ihrer Sippe und sie selber, der Pater Antonio Isabel mit seinen altersschwachen Vorahnungen in den Ohren lag. Doch sie vertraute darauf, über hundert Jahre zu leben wie ihre Großmutter mütterlicherseits, die, im Kriege von 1875 in der Gutsküche verschanzt, sich einer Patrouille des Obersten Aureliano Buendía gestellt hatte. Erst im April dieses Jahres begriff die Große Mama, dass Gott ihr nicht das Vorrecht gewähren würde, eine Horde föderalistischer Freimaurer in offenem Kampf eigenhändig zu vernichten.

In der ersten schmerzhaften Woche behandelte

der Familienarzt sie mit Senfpflastern und Wollsöckchen. Er war ein in Montpellier preisgekrönter Erbarzt, der die Fortschritte seiner Wissenschaft aus philosophischer Überzeugung ablehnte, und hatte von der Großen Mama diesen Ruheposten erhalten, der anderen Ärzten die Niederlassung in Macondo untersagte. Einst war er durch das Dorf geritten, hatte die schwermütigen Kranken in der Abenddämmerung besucht, und die Natur hatte ihm das Vorrecht eingeräumt, Vater zahlreicher ihm unbekannter Kinder zu sein. Doch die Arthritis fesselte ihn nun gelenksteif in die Hängematte, sodass er schließlich seine Patienten ohne Besuch behandelte, mittels Vermutungen, Ohrenbläsern und Botschaften. Von der Großen Mama herbeizitiert, überquerte er im Pyjama mit Hilfe zweier Stöcke den Platz und richtete sich im Alkoven der Kranken ein. Erst als er begriff, dass die Große Mama im Sterben lag, ließ er eine Truhe mit lateinisch beschrifteten Porzellanbüchsen holen und behandelte die Todkranke drei Wochen lang innerlich und äußerlich mit allen Arten akademischer Pflaster, großartiger Arzneitränke und meisterhafter Zäpfchen. Dann legte er ihr geräucherte Kröten auf die schmerzende Stelle und Blutegel auf die Nieren bis zum Morgengrauen jenes Tages, an dem er sich vor die Wahl gestellt sah, sie durch den Barbier zur Ader oder ihr durch Pater Antonio Isabel den Teufel austreiben zu lassen.

Nicanor ließ den Pfarrer kommen. Nicanors zehn

beste Männer trugen ihn in seinem knarrenden Korbschaukelstuhl unter dem verschimmelten Festtagsbaldachin vom Pfarrhaus ins Schlafzimmer der Großen Mama. Das Viatikumglöckchen im lauen Septembermorgen war für Macondos Einwohner die erste Nachricht. Als die Sonne aufging, glich der kleine Platz vor dem Haus der Großen Mama einem ländlichen Markt.

Es war wie eine Erinnerung an frühere Zeiten. Bis zu ihrem siebzigsten Lebensjahr hatte die Große Mama ihren Geburtstag mit den seit Menschengedenken längsten und lärmendsten Volksfesten gefeiert. Korbflaschen mit Branntwein wurden dem Dorf gestiftet, Rinder wurden auf dem öffentlichen Platz geschlachtet und eine auf einem Podest platzierte Blaskapelle spielte ununterbrochen drei Tage lang. Unter den staubbedeckten Mandelbäumen, wo in der ersten Woche des Jahrhunderts die Legionen des Obersten Aureliano Buendía kampiert hatten, wurde Maismilch feilgeboten, Krapfen, Blutwurst, Speckgrieben, Pasteten, Presskopf, Quittenpastete, Yuccabrot, Käsekuchen, Spritzgebäck, Maiswecken, Blätterteig, Leberwurst, Kutteln, Mandelkuchen, Zuckerrohrschnaps, dazwischen gab es jede Art von Kleinkram, Nippes, Plunder und Küchengerät, überdies Hahnenkämpfe und Lotterien. Inmitten des aufgeregten Menschengewoges wurden Decken und Skapuliere mit dem Porträt der Großen Mama verkauft.

Die Festlichkeiten begannen zwei Tage vorher und endeten am Tag des Geburtstags mit prunkvollem Feuerwerk und einem Familienball im Haus der Großen Mama. Die von der Bastardei zuvorkommend bedienten auserwählten Gäste und rechtmäßigen Familienglieder tanzten zu den Takten des mit neumodischen Walzen ausgestatteten Pianolas. Von der Tiefe des Salons aus leitete die Große Mama das Fest und erteilte mit ihrer an allen Fingern ringbesetzten Rechten unauffällige Anweisungen. Bald im Einverständnis mit den Liebespärchen, doch fast stets von der eigenen Eingebung beraten, stiftete sie in jener Nacht die Ehen des kommenden Jahres. Zum Abschluss der Jubiläumsfeier trat die Große Mama auf den girlanden- und lampiongeschmückten Balkon und warf Münzen unter das Volk.

Diese Tradition war abgerissen, teils durch die fortgesetzten Trauerfälle in der Familie, teils durch die politische Unsicherheit der letzten Zeit. Die jüngeren Generationen kannten die glanzvollen Veranstaltungen nur vom Hörensagen. Sie hatten die Große Mama nicht mehr beim Hochamt erlebt, wo sie, befächelt von einem Mitglied der Zivilbehörde, das Vorrecht genoss, nicht einmal im Augenblick der Elevation niederknien zu müssen, um nicht ihren mit holländischen Spitzen besetzten Rock und ihre gestärkten Batistunterröcke zu zerdrücken. Wie an einen Jugendtraum erinnerten die alten Leute sich des zwischen Herrenhaus und Hochaltar ausgerollten zweihundert Meter langen Läufers an jenem Abend, als María del Rosario Castañeda y Montero dem Leichenbegängnis ihres Vaters beigewohnt hatte und auf der teppichbelegten Straße zurückschritt, ausgestattet mit ihrer neuen, strahlenden Würde, die sie zweiundzwanzigjährig zur Großen Mama kürte. Dieses mittelalterliche Bild gehörte seitdem nicht nur der Geschichte der Familie an, sondern auch der der Nation. Zunehmend verschwommener, entrückter, und nur noch sichtbar auf ihrem an heißen Nachmittagen vom Geranienduft fast erstickten Balkon, zerfloss die Große Mama in ihrer eigenen Legende. Ihre Autorität wirkte durch Nicanor. Es bestand traditionsgemäß die stillschweigende Zusage, dass an dem Tag, da die Große Mama ihr Testament versiegelte, die Erben ein drei Nächte währendes Volksfest veranstalten würden. Man wusste aber auch, dass sie beschlossen hatte, ihren letzten Willen erst wenige Stunden vor ihrem Tod zu verkünden, und niemand dachte ernstlich an die Möglichkeit, die Große Mama könne sterblich sein. Erst im Grauen jenes Morgens überzeugten sich die vom Geläut des Viatikums geweckten Einwohner Macondos davon, dass die Große Mama nicht nur sterblich war, sondern im Sterben lag.

Ihre Stunde war gekommen. Unter dem staubigen Krepphimmel ihres Leinenbetts, in dem sie bis zu den Ohren mit Aloe eingerieben lag, war das Leben aus den schwachen Atemzügen ihres Mutterbusens kaum wahrnehmbar. Die Große Mama, die bis zu ihrem fünfzigsten Jahr die leidenschaftlichsten Bewerber abgewiesen hatte, obwohl sie von der Natur dazu ausgestattet war, allein ihr ganzes Geschlecht zu ernähren, lag jungfräulich und kinderlos im Sterben. Im Augenblick der Letzten Ölung musste Pater Antonio Isabel Hilfe erbitten, um ihre Handflächen mit Öl einreiben zu können, denn seit dem Beginn des Todeskampfes hielt die Große Mama ihre Hände zu Fäusten geballt. Aber auch die Hilfe der Nichten nutzte nichts. Während dieser Kraftanstrengung presste die Sterbende zum ersten Mal seit einer Woche die edelsteingeschmückte Hand an die Brust, heftete ihren farblosen Blick auf die Nichten und sagte: »Diebinnen.« Darauf sah sie Pater Antonio Isabel im liturgischen Gewand und den Chorknaben mit den sakramentalen Geräten und murmelte mit friedlicher Gewissheit: »Ich sterbe.« Dann zog sie den Ring mit dem großen Brillanten vom Finger und reichte ihn Magdalena, der Novizin, da er dieser als jüngster Erbin zustand. Das war das Ende der Tradition: Magdalena hatte auf ihr Erbteil zugunsten der Kirche verzichtet.

Bei Tagesanbruch bat die Große Mama, mit Nicanor allein gelassen zu werden, um ihre letzten Anweisungen erteilen zu können. Im Vollbesitz ihrer geistigen Fähigkeiten ließ sie sich eine halbe Stunde lang über den Gang der Geschäfte berichten. Sie äußerte sich eingehend über das Schicksal ihres

Leichnams und beschäftigte sich zuletzt mit der Totenwache. »Du musst die Augen offen halten«, sagte sie. »Schließe alle Wertsachen weg, denn viele Leute kommen nur zur Totenwache, um zu stehlen.« Mit dem Pfarrer dann allein gelassen, legte sie eine zeitraubende, aufrichtige und eingehende Beichte ab und kommunizierte später in Gegenwart ihrer Neffen. Dann erst bat sie, in ihren Rohrschaukelstuhl gesetzt zu werden, um ihren letzten Willen kundzutun.

Nicanor hatte auf vierundzwanzig deutlich beschrifteten Bogen eine gewissenhafte Aufstellung ihres Vermögens gemacht. Friedlich atmend, diktierte die Große Mama, vor dem Arzt und Pater Antonio Isabel als Zeugen, dem Notar die Liste ihrer Besitztümer, der höchsten und einzigen Quelle ihrer Größe und Machtbefugnis. Auf seine wahren Ausmaße begrenzt, bestand der tatsächliche Familienbesitz aus drei in der Kolonialzeit durch königliche Urkunde verbrieften Komtureien, die im Laufe der Zeit dank verwickelter Vernunftsehen unter der Herrschaft der Großen Mama vereinigt worden waren. In diesem ungenutzten, undeutlich begrenzten Gebiet, das fünf Gemeinden umfasste und in dem nie ein einziges Korn auf Rechnung der Besitzer gesät worden war, wohnten dreihundertundzweiundfünfzig Pächterfamilien. Jedes Jahr vollzog die Große Mama am Vorabend ihres Namenstags die einzige Handlung ihrer Herrschaft, die die Rückgabe der Ländereien an den Staat verhinderte: sie zog die Pacht ein. Im Innenflur ihres Hauses sitzend, nahm sie persönlich den Zins für das Wohnrecht auf ihrem Grund entgegen, wie ihre Vorfahren ihn über ein Jahrhundert lang von den Vorfahren der Pächter entgegengenommen hatten. Nach der dreitägigen Pachteinziehung war der Innenhof voll gestopft mit Schweinen, Puten und Hühnern, mit dem Zehnten und den Erstlingen der Bodenfrüchte, die dort als Geschenke niedergelegt wurden. In Wirklichkeit war dies die einzige Ernte, die die Familie je aus einem seit Anbeginn toten, auf den ersten Blick auf hunderttausend Hektar geschätzten Landgebiet einbrachte. Doch hatten es die historischen Umstände mit sich gebracht, dass innerhalb dieser Grenzen die sechs Ortschaften des Kreises Macondo mitsamt der Verwaltungskreisstadt wuchsen und gediehen, dergestalt, dass jeder Bewohner nicht mehr Eigentum beanspruchen konnte als den Bauwert seines Hauses, denn das Land gehörte der Großen Mama, folglich war die Miete zu entrichten, wie sie auch die Regierung für die Straßenbenutzung durch die Bürger zu entrichten hatte.

In der Umgebung der Pachthäuser strich nie gezähltes, unversorgtes Vieh umher, das am Hinterbacken ein schlossförmiges Brandzeichen trug. Dieses vererbte Brandzeichen, das in entlegenen Bezirken, in die das streunende Vieh sommers halbverdurstet gelangte, weniger durch mengenmäßiges, als durch wiederholtes Auftauchen bekannt geworden war, bildete einen der stärksten Pfeiler der Legende. Aus Gründen, die zu klären niemand für möglich hielt, hatten die weitläufigen Pferdeställe des Hauses sich seit dem letzten Bürgerkrieg zunehmend geleert und in der letzten Zeit Zuckerraffinerien, Molkereien und einer Reismühle Platz gemacht.

Neben dem Aufgezählten wies das Testament auf die Existenz von drei Krügen mit Goldmünzen hin, die während des Unabhängigkeitskrieges an unbekannter Stelle des Hauses verscharrt und trotz wiederholten, mühsamen Grabens nicht aufgefunden worden waren. Mit dem Recht, die Ausbeutung des verpachteten Landes fortzusetzen und die Zehnten, Erstlinge und alle Arten von Sondergeschenken entgegenzunehmen, erhielten die Erben einen von Generation zu Generation neu entworfenen und von jeder Generation vervollkommneten Plan, der die Suche nach dem vergrabenen Schatz erleichterte.

Die Große Mama benötigte drei Stunden, um ihre irdischen Besitztümer aufzuzählen. Im stickigheißen Alkoven schien die Stimme der Sterbenden jedem aufgezählten Stück an seinem Platz Würde und Wert zu verleihen. Als sie ihre zitternde Unterschrift leistete und die Zeugen die ihre darunter setzten, erschütterte ein geheimes Beben das Herz der Menge, die sich vor dem Haus unter den staubigen Mandelbäumen zusammendrängte.

Nun fehlte nur noch die eingehende Aufzählung

der ethischen Güter. Mit höchster Kraftanstrengung – der gleichen, die ihre Vorfahren vor dem Sterben bewiesen hatten, um die Vorherrschaft der Sippe zu sichern – richtete die Große Mama sich auf ihren denkwürdigen Gesäßbacken auf und diktierte dem Notar mit gebieterischer und klarer, ganz ihrem Gedächtnis hingegebener Stimme die Liste ihres unsichtbaren Familienbesitzes: die Bodenschätze, die Territorialgewässer, die Farben der Landesflagge, die nationale Oberhoheit, die Traditionsparteien, die Menschenrechte, die bürgerlichen Freiheiten, der erste Magistrat, die zweite Instanz, die dritte Debatte, die Empfehlungsschreiben, die historischen Gegebenheiten, die freien Wahlen, die Schönheitsköniginnen, die Grundsatzerklärungen, die Massenkundgebungen, die vornehmen jungen Damen, die untadeligen Herren, die ehrenvollen Militärs, der hochwohlgeborene Oberste Gerichtshof, die vom Einfuhrverbot betroffenen Waren, die lockeren Damen, die Fragen des Fleisches, die Reinheit der Sprache, die Vorbilder für die Welt, die rechtsstaatliche Ordnung, die freie, aber verantwortungsbewusste Presse, das südamerikanische Athen, die öffentliche Meinung, die demokratischen Lehren, die christliche Moral, die Devisenknappheit, das Asylrecht, die kommunistische Gefahr, das Staatsschiff, die verteuerten Lebenskosten, die republikanischen Traditionen, die minderbegünstigten Klassen, die Vertrauenserklärungen.

Sie kam nicht zu Ende. Die mühsame Aufzählung raubte ihr den letzten Atemzug. Im Mare Magnum abstrakter Formeln versinkend, die zwei Jahrhunderte hindurch die moralische Rechtfertigung der Familienmacht gebildet hatten, stieß die Große Mama einen volltönenden Rülpser aus und verschied.

Die Einwohner der fernen düsteren Hauptstadt sahen an jenem Abend auf der Titelseite der Extrablätter das Bildnis einer zwanzigjährigen Frau und dachten, es sei eine neue Schönheitskönigin. Noch einmal erlebte die Große Mama die vorbeigleitende Jugend ihrer auf vier Spalten vergrößerten und eilends retuschierten Fotografie, ihr mit einem Elfenbeinkamm aufgestecktes üppiges Haar und ein auf einem Spitzenschleier thronendes Diadem. Dieses Bild, das ein fahrender Fotograf zu Beginn des Jahrhunderts in Macondo aufgenommen und das die Zeitungen viele Jahre in der Kartei unbekannter Persönlichkeiten aufbewahrt hatten, war dazu bestimmt, im Gedächtnis künftiger Geschlechter fortzuleben. In den altersschwachen Omnibussen, in den Fahrstühlen der Ministerien, in den trostlosen, mit bleichen Tapeten bespannten Teesalons wurde mit Ehrfurcht und Hochachtung von der in ihrem hitze- und malariageschwängerten Bezirk verstorbenen Respektsperson geflüstert, deren Name bis vor wenigen Stunden, bevor ihn Druckerschrift verewigt hatte, im übrigen Land unbekannt gewesen war. Dünner Nieselregen bedeckte die Fußgänger mit Grünspan und Besorgnis. Alle Kinder läuteten die Totenglocken. Der Präsident der Republik, von der Nachricht überrascht, als er zur Vereidigung der neuen Kadetten schritt, empfahl dem Kriegsminister in einer eigenhändig auf die Rückseite des Telegramms geschriebenen Note, seine Rede mit einer Schweigeminute zu Ehren der Großen Mama zu beschließen.

Der Tod hatte das öffentliche Leben gestreift. Selbst der Präsident der Republik, den die Empfindungen der Städter geläutert wie durch einen Filter erreichten, gewahrte in seinem Automobil in einer blitzartigen, wenngleich fast brutalen Vision die stumme Bestürzung der Stadt. Offen geblieben waren nur etliche übel beleumdete Kaffeehäuser und der auf eine neuntägige Totenehrung eingerichtete erzbischöfliche Dom. Im Kapitol der Nation, wo die in Zeitungspapier gewickelten Bettler im Schutz der dorischen Säulen und schweigsamen Standbilder toter Präsidenten schliefen, war der Kongresssaal hell erleuchtet. Als der oberste Würdenträger, vom Anblick der trauernden Hauptstadt ergriffen, seinen Arbeitsraum betrat, erwarteten ihn seine Minister in Trauerkleidung, stehend, feierlicher und bleicher als sonst.

Die Ereignisse jener Nacht und der folgenden Nächte sollten später als geschichtliches Beispiel bezeichnet werden. Und zwar nicht nur wegen des christlichen Geistes, der die höchsten Beamten der Staatsmacht beseelte, sondern wegen der Selbstverleugnung, mit der man in dem gemeinsamen Vorhaben, eine erlauchte Tote zu bestatten, ungleiche Interessen und widerstrebende Maßstäbe versöhnte. Viele Jahre hindurch hatte die Große Mama kraft der drei Truhen voll falscher Wählerkarten, die einen Teil ihres geheimen Familienbesitzes bildeten, den sozialen Frieden und die politische Eintracht ihres Reiches gewährleistet. Die männlichen Dienstboten, ihre Schützlinge und Pächter, mündige und unmündige, übten nicht nur das eigene Wahlrecht aus, sondern auch das der im vergangenen Jahrhundert verstorbenen Wähler. Die Große Mama verkörperte den Vorrang überlieferter Macht über vorübergehende Machtbefugnis, die Vorherrschaft der führenden Gesellschaftsschicht über das Volk, die Wesenhaftigkeit göttlicher Weisheit über sterbliche Vorläufigkeit. In stillen Zeiten an- und aberkannte sie kraft ihres herrscherlichen Willens Domherrenpfründen, Ruheposten und Sinekuren und wachte über das Wohlergehen ihrer Umgebung, wenngleich sie dafür zu Bestechung oder Wahlbetrug greifen musste. In stürmischen Zeiten trug die Große Mama heimlich zur Bewaffnung ihrer Parteigänger bei und eilte deren Opfern in aller Öffentlichkeit zu Hilfe. Dieser vaterländische Eifer berechtigte sie zu den höchsten Ehren.

Der Präsident der Republik hatte sich nicht seiner Ratgeber zu bedienen brauchen, um die Last seiner Verantwortung zu ermessen. Zwischen dem Audienzsaal des Palastes und dem kleinen gepflasterten Innenhof, der den Vizekönigen als Remise gedient hatte, lag ein Innengarten mit düsteren Zypressen, in dem ein portugiesischer Mönch sich während der letzten Jahre der Kolonialzeit aus Liebesnot erhängt hatte. Trotz seines lärmenden Gefolges ordengeschmückter Offiziere vermochte der Präsident nicht ein leichtes Beben der Unsicherheit zu unterdrücken, wenn er in der Abenddämmerung an jener Stelle vorüberschritt. Doch in dieser Nacht hatte sein Erbeben die Stärke einer Vorahnung. Nun wurde er sich seiner historischen Bestimmung voll bewusst und verordnete eine neuntägige Staatstrauer sowie nachträgliche Ehrungen für die Große Mama in der Kategorie einer auf der Walstatt fürs Vaterland gefallenen Heldin. Wie er es in der an seine Landsleute gerichteten dramatischen Rundfunk- und Fernsehansprache zum Ausdruck brachte, vertraute der erste Würdenträger der Nation darauf, dass das Leichenbegängnis der Großen Mama zu einem neuen Vorbild für die Welt wurde. Solch hehre Absichten mussten freilich auf ernstliche Hindernisse stoßen. Die von fernen Vorfahren der Großen Mama geschaffene Verfassung des Landes war für Ereignisse, wie sie sich anbahnten, nicht gewappnet. Weise Doktoren des Gesetzes, bewährte Alchimisten des Rechts vertieften sich in Hermeneutik und Syllogismen auf der Suche nach einer Formel, die dem Präsidenten der Republik die Teilnahme an dem Leichenbegängnis gestattete. Aufregende Tage wurden durchlebt in den hohen Sphären der Politik, der Geistlichkeit und der Finanzen. In der von einem Jahrhundert abstrakter Gesetzgebung verdünnten Luft des weiten Kongresshalbrunds zwischen Ölgemälden nationaler Vorkämpfer und Büsten griechischer Denker erreichte die Würdigung der Großen Mama ungeahnte Ausmaße, während ihr Leichnam im heißen Macondoseptember Blasen trieb. Zum ersten Mal sprach man von ihr, ohne dabei an ihren Rohrschaukelstuhl zu denken, an ihre Mittagsschläfrigkeit und ihre Senfpflaster; man sah sie rein und alterslos, von der Legende geläutert.

Endlose Stunden füllten sich mit Wörtern, Wörtern, Wörtern, die, von den Lautsprechern der Druckschrift gerühmt, in der Weite der Republik widerhallten. Bis ein mit Wirklichkeitssinn begabtes Mitglied dieser Versammlung keimfreier Rechtsgelehrter das historische Gefasel mit der Bemerkung unterbrach, der Leichnam der Großen Mama warte bei vierzig Grad im Schatten auf ihre Entscheidung. Niemand verlor die Fassung angesichts dieses Einbruchs gesunden Menschenverstands in die saubere Luft des geschriebenen Gesetzes. Es wurden Anweisungen zur Einbalsamierung des Leichnams erteilt, während Formeln gefunden, Meinungen in

Übereinstimmung gebracht oder Verfassungsänderungen beschlossen wurden, die dem Präsidenten der Republik die Teilnahme an der Beerdigung erlaubten.

Es war so viel palavert worden, dass das Palaver die Landesgrenzen überschritt, den Ozean überquerte und wie ein Omen in die päpstlichen Gemächer von Castelgandolfo drang. Von der jüngsten lähmenden Augusthitze erholt, stand der Heilige Vater am Fenster und sah die Taucher auf der Suche nach dem Kopf des enthaupteten Mädchens im See verschwinden. Während der letzten Wochen hatten die Abendblätter sich mit nichts anderem beschäftigt, und der Heilige Vater mochte einem Rätsel gegenüber, das sich in solcher Nähe seiner Sommerresidenz stellte, nicht gleichgültig bleiben. An jenem Nachmittag indes erschien in den Blättern statt der Fotos der möglichen Opfer unerwartet ein einziges Bild: eine von einem Trauerrand gerahmte Frau von zwanzig Jahren. »Die Große Mama«, rief der Heilige Vater, der sofort die verschwommene Daguerrotypie erkannte, die ihm viele Jahre zuvor anlässlich seiner Besteigung des Stuhls von Sankt Peter verehrt worden war. »Die Große Mama«, riefen im Chor die Mitglieder des Kardinalkollegiums in ihren Privatgemächern, und zum dritten Mal in zwanzig Jahrhunderten herrschte in dem grenzenlosen Reich der Christenheit eine Stunde lang Ratlosigkeit, Verdruss und Rennerei, bis der Heilige Vater in seiner geräumigen schwarzen Gondel saß – auf dem Wege zum phantastischen, fernen Leichenbegängnis der Großen Mama. Zurück blieben die leuchtenden Pfirsichfelder, die Via Appia Antica mit ihren fischblütigen Filmschauspielerinnen, die sich auf Terrassen bräunen ließen, ohne etwas von der Aufregung zu merken, endlich der düstere Felsvorsprung von Castel Sant'Angelo am Horizont des Tiber. In der Abenddämmerung vermengte sich das tiefe Totengeläute der Peterskirche mit dem der gesprungenen Bronzeglocken von Macondo. Unter seinem stickigen Sonnendach hörte der Heilige Vater über gewundene Fahrrinnen und schweigsame Sümpfe hinweg, die das Reich Roms von den Gütern der Großen Mama abgrenzten, die ganze Nacht hindurch das Lärmen der vom Aufmarsch der Menschenmenge aufgestörten Affen. Das päpstliche Boot war auf seiner nächtlichen Fahrt mit Yuccasäcken, mit Büscheln grüner Bananen und Hühnerkörben, mit Männern und Frauen beladen worden, die ihr Tagwerk unterbrochen hatten, um beim Leichenbegängnis der Großen Mama ihr Glück mit dem Feilbieten von Essbarem zu versuchen. Zum ersten Mal in der Kirchengeschichte musste Seine Heiligkeit in jener Nacht das Fieber der Nachtwache und die Qual der Mücken erdulden. Doch der wundersame Tagesanbruch über den Besitzungen der Großen Alten, der erstmalige Anblick vom Reich des Balsamapfels und des Leguans löschten in seiner

Erinnerung die Leiden der Reise und entschädigten ihn für ertragene Entbehrungen.

Nicanor war von drei Schlägen an seine Tür geweckt worden, die die unmittelbare Ankunft seiner Heiligkeit verkündeten. Der Tod hatte vom Herrenhaus Besitz ergriffen. Beflügelt von den wiederholten mahnenden Ansprachen des Präsidenten, von den fieberhaften Meinungsstreitigkeiten der Parlamentarier, die ihre Stimme verloren hatten und sich nur noch durch Zeichensprache verständigten, ließen Menschen und gesellschaftliche Gruppen der ganzen Welt ihr Tagwerk im Stich und füllten die dunklen Gänge, die verstopften Stege, die stickigen Dachstuben, und wer zu spät kam, kletterte höher hinauf und richtete sich notdürftig auf Brustwehren ein, auf Pferdepfosten, Wachtürmen, Pfeilern. Im Mittelsaal ruhte unter einem ergreifenden Gebirge aus Telegrammen der Leichnam der Großen Mama und mumifizierte sich in Erwartung großer Entscheidungen. Tränenverzehrt hielten die neun Neffen in der Verzückung gegenseitiger Bespitzelung die Totenwache.

Viele Tage noch musste die ganze Welt auf der Lauer liegen. In dem mit vier Lederhockern, einem Krug geweihten Wassers und einer Hängematte aus Klettenkraut ausgestatteten Rathaussaal litt der Heilige Vater unter schweißtreibender Schlaflosigkeit und vertrieb sich die stickigen, ausgedehnten Nächte mit der Lektüre von Notizkalendern und

Verwaltungsverordnungen. Tagsüber verteilte er italienische Karamellbonbons unter die Kinder, die sich vor seinem Fenster drängten, und aß mit Pater Antonio Isabel, gelegentlich auch mit Nicanor unter der asternberankten Pergola zu Mittag. So durchlebte er endlose, von Warten und Hitze lang gezogene Wochen und Monate, bis Pastor Pastrana sich mit seinem Trommelschläger in der Mitte des Platzes aufpflanzte und die entscheidungsschwere Bekanntmachung verlas. Die öffentliche Ordnung wurde als gestört erklärt, taramtamtam, und der Präsident der Republik, taramtamtam, verfügte über außerordentliche Befugnisse, taramtamtam, die ihm die Teilnahme am Leichenbegängnis der Großen Mama, taramtamtam, gestatteten, taramtamtam, taram, tam, tam.

Der Große Tag war gekommen. Die Straßen waren verstopft von Glücksrädern, Bratfischständen und Lotterietischen sowie von Männern, die, eine Ringelnatter um den Hals gewickelt, den todsicheren Balsam zur Heilung von Rose und zur Erringung des ewigen Lebens anpriesen; dort und auf dem buntscheckigen kleinen Platz, wo das Volk seine Zeltplanen aufgespannt und seine Bündel aufgeschnürt hatte, bahnten aufgeputzte Armbrustschützen den Behörden einen Weg. Da standen in Erwartung des höchsten Augenblicks die Wäscherinnen von San Jorge, die Perlenfischer vom Kap des Segels, die Wurfgarnfischer vom Sumpf, die

Krebsfänger von Tasajera, die Zauberer von La Mojana, die Salzsieder von Manaure, die Ziehharmonikaspieler von Valledupar, die Pferdehändler von Ayapel, die Papayapflanzer von San Pelayo, die Hahnenmäster von La Cueva, die Stegreifsänger aus den Savannen von Bolivar, die Ruderer vom Magdalenenstrom, die Winkeladvokaten von Mompox, außer den zu Beginn dieser Chronik Aufgezählten sowie vielen anderen. Sogar die Veteranen des Obersten Aureliano Buendía – an der Spitze der Herzog von Malborough mit seinem Festschmuck aus Tigerfellen, -krallen und -zähnen – überwanden ihren hundertjährigen Groll gegen die Große Mama und die Angehörigen ihrer Sippe und kamen zur Beerdigung, um vom Präsidenten der Republik die Zahlung ihrer Kriegspension zu fordern, auf die sie seit sechzig Jahren warteten.

Kurz vor elf brach die von der Sonne fast erstickte, begeisterte Menschenmenge, die eine unerschütterliche Elitetruppe in betressten Husarenjacken und wogenden Helmbüschen in Schranken hielt, in mächtiges Jubelgeschrei aus. Würdig, feierlich in ihren Gehröcken und Zylindern, tauchten der Präsident der Republik und seine Minister, die Abgeordneten des Parlaments, des Obersten Gerichtshofs, des Staatsrats, die traditionellen Parteien und die Geistlichkeit sowie die Vertreter aus Bankwelt, Handel und Industrie an der Ecke des Telegraphenamtes auf. Kahlköpfig und untersetzt schritt der greise kranke Präsident der Republik vor den erstaunten Augen der Menschenmenge vorüber, die ihn in sein Amt eingesetzt hatte, ohne ihn zu kennen, und dessen Existenz sie erst jetzt wahrhaft bezeugen konnte. Zwischen den von der Bürde ihres Amtes erdrückten Erzbischöfen und den Militärs mit ihren ordengepanzerten Brustkörben verströmte der erste Würdenträger der Nation den unverwechselbaren Odem der Macht.

Dahinter kamen gefassten Schritts in Trauerkrepp die heimischen Königinnen aller gewesenen und aller kommenden Dinge. Zum ersten Mal ihrer irdischen Pracht beraubt kamen sie, voran die All-Königin, die Königin der Fasermango, die Königin des grünen Kürbis, die Königin des guayanischen Apfelbaums, die Königin der mehligen Yucca, die Königin der bauchigen Gujavabirne, die Königin der Wasserkokosnuss, die Königin der schwarzköpfigen Bohne, die Königin der vierhundertundsechsundzwanzig Kilometer langen Leguaneierschnüre sowie all jene, die wir übergehen müssen, damit diese Chronik nicht endlos wird.

In ihrem purpurausgeschlagenen Sarg von der Wirklichkeit durch acht Kupferschrauben getrennt, lag die Große Mama schon allzu durchtränkt von ihrer Ewigkeit aus Formaldehyd, um das Ausmaß ihrer Größe wahrzunehmen. Aller Glanz, von dem sie auf dem Balkon ihres Hauses in hitzeschweren Nachtwachen geträumt hatte, erfüllte sich in jenen achtundvierzig ruhmreichen Stunden, in denen die Sinnbilder der Zeit dem Andenken der Großen Mama huldigten. Selbst der Heilige Vater, den Wahnträume ihr in einer über den Gärten des Vatikans schwebenden Karosse vorgegaukelt hatten, überwand die Hitze mit einem Fächer aus geflochtenen Palmblättern und ehrte mit seiner höchsten Würde das größte Leichenbegängnis der Welt.

Nachdem der Streit der Würdigen geschlichtet und der Katafalk auf den Schultern der Würdigsten auf die Straße hinausgetragen worden war, konnte die Volksmenge, benebelt vom Schauspiel der Macht, nicht das auf dem Dachfirst anhebende gierige Geflatter erkennen. Niemand sah die wachsamen Schatten der Aasgeier, die dem Trauerzug durch Macondos glutheiße Gassen folgten, und niemand merkte, dass die Gassen sich während des Zugs der Würdigen mit einer stinkenden Abfallspur bedeckten. Niemand gewahrte, dass die Neffen, die Patenkinder, die Dienstboten und Schützlinge der Großen Mama das Portal, kaum war der Leichnam hinausbefördert, verriegelten und die Türen aushängten, die Dielen ablösten und die Grundpfeiler ausgruben, um das Haus untereinander aufzuteilen. Das Einzige, was im Getöse der Beerdigung niemand entging, war der donnernde Erleichterungsseufzer, den die Menge ausstieß, als die vierzehn Tage der Gebete, der Aufregungen und Lobpreisungen um waren und das Grab mit einer Bleiplatte versiegelt wurde. Einige der Anwesenden waren hellsichtig genug zu begreifen, dass sie der Geburt einer neuen Zeit beiwohnten. Nun, da seine Sendung auf Erden erfüllt war, konnte der Heilige Vater mit Leib und Seele auffahren gen Himmel, konnte der Präsident der Republik sich nach seinem Belieben zum Regieren niedersetzen, konnten die Königinnen der geschehenen und der noch zu geschehenden Dinge heiraten und glücklich sein und viele Kinder empfangen und gebären, nun konnte das Volk seine Zelte nach Lust und Laune in den unermesslichen Gebieten der Großen Mama aufschlagen, denn die Einzige, die sich dagegen wehren konnte und dazu genügend Macht besessen hatte, moderte bereits unter einer Bleiplatte. Nun brauchte nur noch jemand seinen Hocker vor die Haustür zu stellen und diese Geschichte zu erzählen als Lehre und Mahnung für kommende Generationen, damit keiner der Ungläubigen der Welt in Unkenntnis verbliebe über das Leben der Großen Mama, denn am morgigen Mittwoch werden die Straßenkehrer kommen und den Kehrricht ihres Leichenbegängnisses fortkehren in alle Ewigkeit.

Dienstagmittag

Der Zug verließ die zitternde Schlucht aus rostbraunen Felsen und fuhr durch die geometrisch angelegten, endlosen Bananenpflanzungen; die Luft wurde feucht, und der Seewind war nicht mehr zu spüren. Eine erstickende Rauchfahne drang durchs Wagenfenster herein. Auf dem schmalen Weg parallel zur Bahnlinie fuhren mit grünen Bananenbüscheln beladene Ochsenkarren. Jenseits des Weges waren auf unbebauten Flächen Bürogebäude mit elektrischen Ventilatoren zu sehen, Baracken aus rotem Backstein und Privathäuser mit weißen Stühlen und Tischchen auf den von staubigen Palmen und Rosenbüschen gesäumten Terrassen. Es war elf Uhr morgens, und die Hitze hatte noch nicht eingesetzt.

»Schieb lieber das Fenster hoch«, sagte die Frau. »Du kriegst sonst lauter Ruß ins Haar.«

Das kleine Mädchen versuchte es zu tun, aber das Schiebefenster war festgerostet.

Sie waren die einzigen Fahrgäste in dem kahlen Dritter-Klasse-Wagen. Da der Rauch der Lokomotive weiterhin durchs Fenster hereinwehte, stand die Kleine von ihrem Platz auf und legte ihre einzigen Habseligkeiten darauf: einen Plastikbeutel mit Essen und einen in Zeitungspapier gewickelten Blumenstrauß. Sie setzte sich auf den vom Fenster abgelegenen Sitz ihrer Mutter gegenüber. Beide trugen tiefe, ärmliche Trauerkleidung.

Das kleine Mädchen war zwölf Jahre alt und verreiste zum ersten Mal. Die Frau wirkte zu alt, um seine Mutter zu sein, mit ihren blaugeäderten Lidern und dem kleinen, zarten Körper ohne Formen in einem Kleid, das wie eine Soutane geschnitten war. Die ganze Fahrt presste sie den Rücken gegen die Lehne und hielt mit beiden Händen eine Handtasche aus brüchigem Lackleder auf dem Schoß. Dabei stellte sie die ängstliche Gefasstheit der an Armut gewohnten Leute zur Schau.

Um zwölf setzte die Hitze ein. Der Zug hielt zehn Minuten auf einer Station ohne Ortschaft, um Wasser aufzunehmen. Draußen, in der geheimnisvollen Stille der Pflanzungen, wirkte der Schatten frisch. Im Wagen roch die stickige Luft dagegen nach ungegerbtem Leder. Der Zug beschleunigte seine Fahrt nicht wieder. Er hielt in zwei gleich aussehenden Dörfern aus bunt bemalten Holzhäusern. Die Frau neigte den Kopf und versank in Schlaftrunkenheit. Das kleine Mädchen zog die Schuhe aus. Dann ging es zum Waschraum und stellte den verwelkten Blumenstrauß ins Wasser.

Als es zu seinem Sitz zurückkehrte, wartete die Mutter mit dem Essen. Sie gab ihm ein Stück Käse, ein halbes Maisbrot und einen süßen Keks und nahm sich selbst die gleiche Ration aus dem Plastikbeutel. Während sie aßen, durchquerte der Zug sehr langsam eine eiserne Brücke und fuhr an einem Dorf vorbei, das den vorigen glich, nur stand hier eine Menschenmenge auf dem Platz. Eine Musikkapelle spielte in der sengenden Hitze eine fröhliche Melodie. Am Ende des Dorfs, in dem von der Dürre rissigen Flachland, endeten die Pflanzungen.

Die Frau unterbrach ihre Mahlzeit.

»Zieh die Schuhe an«, sagte sie.

Das kleine Mädchen blickte hinaus. Es sah nichts als das leere Flachland, durch das der Zug wieder schneller fuhr, steckte aber das letzte Stück Keks in den Beutel und zog rasch die Schuhe an. Die Frau reichte ihm den Kamm.

»Kämm dich«, sagte sie.

Der Zug pfiff, während die Kleine sich kämmte. Die Frau trocknete sich den Schweiß vom Hals und wischte sich mit den Fingern das Fett aus dem Gesicht. Als die Kleine sich gekämmt hatte, fuhr der

Zug an den ersten Häusern eines größeren Dorfes vorbei, noch trostloser als die vorigen.

»Wenn du was machen musst, tu's jetzt«, sagte die Frau. »Nachher kannst du nirgends Wasser trinken, und wenn du vor Durst umkommst. Vor allem weine nicht.«

Die Kleine nickte. Durchs Fenster drang ein glühender, trockener Wind, vermengt mit dem Pfeifen der Lokomotive und dem Ächzen der alten Wagen. Die Frau rollte den Beutel mit dem restlichen Proviant zusammen und steckte ihn in die Tasche. Einen Augenblick lang leuchtete im Fenster das ganze Bild des Dorfes in dem strahlenden Augustdienstag auf. Die Kleine wickelte die Blumen in das durchnässte Zeitungspapier, trat einen Schritt vom Fenster und heftete einen starren Blick auf die Mutter. Diese blickte sanft zurück. Der Zug hörte auf zu pfeifen und verlangsamte seine Fahrt. Einen Augenblick später hielt er.

Es war niemand auf der Bahnstation. Jenseits der Straße, an dem von Mandelbäumen beschatteten Gehsteig, war nur der Billardsalon geöffnet. Das Dorf schwamm in der Hitze. Die Frau und die Kleine stiegen aus, überquerten die verlassene Bahnstation, deren Fliesen vom Druck des Unkrauts langsam aufbrachen, und gingen über die Straße auf den beschatteten Gehsteig.

Es war fast zwei. Zu dieser Stunde hielt das schlafbenommene Dorf Mittagsruhe. Die Läden, die öffentlichen Ämter, die Volksschule schlossen um elf und machten erst kurz vor vier wieder auf, wenn der Gegenzug durchkam. Nur das Hotel dem Bahnhof gegenüber blieb offen, seine Kantine und der Billardsalon sowie das Telegraphenamt auf der einen Seite des Platzes. An den vorwiegend nach dem Modell der Bananengesellschaft gebauten Häusern waren die Türen von innen verriegelt und die Läden heruntergelassen. In einigen Häusern war es so heiß, dass ihre Bewohner im Innenhof zu Mittag aßen. Andere rückten einen Stuhl in den Schatten der Mandelbäume und hielten ihren Mittagsschlummer sitzend auf offener Straße.

Sich im Schutz der Mandelbäume haltend, gingen Frau und Kind ins Dorf, ohne die Mittagsruhe zu stören. Sie strebten geradenwegs auf das Pfarrhaus zu. Die Frau kratzte mit dem Fingernagel über das Drahtnetz der Tür, wartete einen Augenblick und kratzte von neuem. Drinnen summte ein elektrischer Ventilator. Schritte waren nicht zu hören. Nur das leichte Knarren einer Tür und gleich darauf eine behutsame Stimme dicht hinter dem Drahtnetz: »Wer ist da?« Die Frau versuchte durch das Drahtnetz zu spähen.

»Ich brauche den Pater«, sagte sie.

»Er schläft jetzt.«

»Es ist dringend«, bestand die Frau.

In ihrer Stimme lag ruhige Hartnäckigkeit.

Die Tür öffnete sich geräuschlos einen Spalt, und

es erschien eine reife, füllige Frau mit sehr blasser Haut und eisenfarbenem Haar. Ihre Augen wirkten zu klein hinter den dicken Brillengläsern.

»Kommen Sie herein«, sagte sie und öffnete vollends.

Sie betraten ein von altem Blumenduft getränktes Zimmer. Die Haushälterin führte sie zu einer Holzbank und hieß sie durch ein Zeichen Platz nehmen. Die Kleine tat es, aber ihre Mutter blieb nachdenklich stehen und hielt ihre Tasche umklammert. Hinter dem elektrischen Ventilator war kein Geräusch zu hören.

Die Haushälterin erschien in der Hintertür.

»Er sagt, Sie sollen nach drei wiederkommen«, sagte sie sehr leise. »Er hat sich erst vor fünf Minuten hingelegt.«

»Der Zug geht um drei Uhr dreißig«, sagte die Frau.

Ihre Antwort war kurz und selbstsicher, aber ihre Stimme blieb sanft und melodisch. Die Haushälterin lächelte zum ersten Mal.

»Gut«, sagte sie.

Als die Hintertür sich wieder geschlossen hatte, setzte die Frau sich neben ihre Tochter. Das schmale Wartezimmer war ärmlich, aufgeräumt und sauber. Auf der anderen Seite eines Holzgeländers, das den Raum teilte, stand ein einfacher wachstuchbedeckter Arbeitstisch, darauf eine primitive Schreibmaschine und eine Vase mit Blumen. Dahinter waren die Kirchenregister zu sehen. Man merkte, dass die Kanzlei von einer allein stehenden Frau besorgt wurde.

Die Hintertür ging auf, und diesmal erschien der Priester, der seine Brille mit einem Taschentuch putzte. Erst als er sie aufsetzte, sah man, dass er der Bruder der Frau war, die aufgemacht hatte. »Sie wünschen?«, fragte er.

»Die Schlüssel zum Friedhof«, sagte die Frau.

Die Kleine saß da, die Blumen im Schoß und die Beine unter der Bank übereinander geschlagen. Der Priester sah sie an, dann sah er die Frau an und dann durch das Drahtnetz des Fensters den strahlenden wolkenlosen Himmel.

»Bei dieser Hitze«, sagte er. »Sie hätten warten sollen, bis die Sonne tiefer steht.«

Die Frau schüttelte schweigend den Kopf. Der Priester trat hinter das Geländer, holte aus dem Aktenschrank ein in Wachstuch gebundenes Heft, einen hölzernen Federhalter und ein Tintenfass und setzte sich an den Tisch. Das Haar, das ihm auf dem Kopf fehlte, spross umso üppiger auf seinen Händen.

»Welches Grab wollen Sie besuchen?«, fragte er.

»Das von Carlos Centeno«, sagte die Frau.

»Wer?«

»Carlos Centeno«, wiederholte die Frau.

Noch immer verstand der Pater nicht.

»Der Dieb, der letzte Woche hier ermordet wurde«, sagte die Frau im gleichen Tonfall. »Ich bin seine Mutter.«

Der Priester musterte sie. Sie blickte ihn fest an, ruhig und selbstbeherrscht, und der Pater errötete. Senkte den Kopf und schrieb. Während er den Bogen ausfüllte, fragte er die Frau nach ihren Personalien, und sie antwortete ohne Zögern, mit präzisen Einzelheiten, als läse sie ab. Der Pater begann zu schwitzen. Die Kleine knöpfte sich die Schnalle ihres linken Schuhs auf, zog die Ferse heraus und stützte sie auf die Querleiste. Dann tat sie das Gleiche mit dem rechten Schuh.

Alles hatte am Montag vergangener Woche begonnen, um drei Uhr früh und wenige Häuserblocks entfernt. Señora Rebeca, eine allein stehende Witwe, die in einem mit Flitterkram voll gestopften Haus wohnte, hörte durch das Rieseln des Regens hindurch, dass jemand von außen die Haustür aufzubrechen versuchte. Sie stand auf, tastete im Kleiderschrank nach dem vorsintflutlichen Revolver, den seit den Zeiten des Oberst Aureliano Buendía niemand mehr abgedrückt hatte, und ging ins Wohnzimmer, ohne Licht zu machen. Weniger vom Geräusch am Türschloss gelenkt als von einer Schreckhaftigkeit, die sich in achtundzwanzig Jahren der Einsamkeit in ihr entwickelt hatte, fand sie mit Einfühlung nicht nur die Stelle der Tür, sondern auch die genaue Höhe des Schlüssellochs. Sie packte die Waffe mit beiden Händen, schloss die Augen und drückte ab. Es war das erste Mal in ihrem Leben, dass sie mit einem Revolver schoss. Unmittelbar nach dem Knall hörte sie nichts mehr als das Gemurmel des Rieselregens auf dem Zementfußsteig und eine ganz leise, sanfte, aber schrecklich müde Stimme: »Ach, Mutter.« Der Mann, der am Morgen mit zerfetzter Nase tot vor dem Haus lag, trug ein bunt gestreiftes Flanellhemd, eine gewöhnliche Hose mit einem Strick statt eines Gürtels und war barfuß. Niemand im Dorf kannte ihn.

»Er hieß also Carlos Centeno«, murmelte der Pater, als er zu schreiben aufgehört hatte.

»Centeno Ayala«, sagte die Frau. »Er war der einzige Sohn.«

Der Priester ging an den Schrank zurück. An der Innenseite der Tür hingen an einem Nagel zwei große verrostete Schlüssel – die Schlüssel Sankt Peters, stellte sich die Kleine vor, wie es sich die Mutter als Kind vorgestellt, wie wohl selbst der Priester es sich einmal vorgestellt hatte. Er holte die Schlüssel herunter, legte sie auf das auf dem Geländer aufgeschlagene Heft und deutete mit dem Zeigefinger auf eine Stelle der beschriebenen Seite, während er die Frau anblickte.

»Unterschreiben Sie hier.«

Die Frau kritzelte ihren Namen hin, während sie ihre Tasche unter den Arm klemmte. Die Kleine nahm ihre Blumen, ging, die Schuhe nachziehend, auf das Geländer zu und beobachtete aufmerksam ihre Mutter.

Der Pfarrer seufzte. »Haben Sie nie versucht, ihn auf den rechten Weg zu bringen?«

Die Frau antwortete, als sie unterschrieben hatte.

»Er war ein guter Mensch.«

Der Priester blickte abwechselnd die Frau und die Kleine an und stellte mit einer Art mitleidiger Verwunderung fest, dass die beiden keineswegs den Tränen nahe waren. Die Frau fuhr unverwandt fort: »Ich habe immer zu ihm gesagt, er darf nie jemand etwas vom Munde wegstehlen, und er hat auch auf mich gehört. Dagegen hat er früher, als er noch boxte, oftmals drei Tage lang übel zugerichtet im Bett gelegen.«

»Er hat sich alle Zähne ziehen lassen müssen«, warf die Kleine ein.

»So ist es«, bestätigte die Frau. »Jeder Bissen, den ich damals aß, schmeckte nach den Schlägen, die mein Sohn samstags Abend einstecken musste.«

»Gottes Wille ist unerforschlich«, sagte der Pater.

Aber er sagte es ohne echte Überzeugung, teils weil die Erfahrung ihn etwas skeptisch gemacht hatte, teils wegen der Hitze. Er empfahl ihnen, einen Kopfschutz aufzusetzen, um keinen Sonnenstich zu bekommen. Er erklärte gähnend und schon fast schlafend, wie sie Carlos Centenos Grab finden würden. Bei ihrer Rückkehr bräuchten sie nicht zu klopfen. Sie sollten den Schlüssel unter der Türe durchschieben und möglichst ein Almosen für die Kirche dazulegen. Die Frau hörte den Erklärungen mit großer Aufmerksamkeit zu, dankte aber ohne zu lächeln.

Noch bevor der Pater die Haustür öffnete, merkte er, dass von draußen jemand hereinspähte und sich dabei die Nasenflügel am Drahtnetz platt drückte. Es war eine Schar Kinder. Als die Tür aufging, stoben die Kinder auseinander. Zu dieser Stunde war sonst niemand auf der Straße. Jetzt waren nicht nur die Kinder da. Gruppen von Leuten standen unter den Mandelbäumen. Der Pater betrachtete prüfend die vom grellen Widerschein verzerrte Straße und begriff. Behutsam schloss er die Tür.

»Warten Sie eine Minute«, sagte er, ohne die Frau anzublicken.

Seine Schwester erschien in der Hintertür mit einer schwarzen Jacke über dem Nachthemd und aufgelöstem schulterlangen Haar. Schweigend blickte sie den Pater an.

»Was war los?«, fragte er.

»Die Leute haben was gemerkt«, murmelte seine Schwester.

»Sie sollten lieber durch die Tür des Innenhofs hinausgehen«, sagte der Pater.

»Bleibt sich gleich«, sagte seine Schwester. »Alle stehen am Fenster.«

Die Frau schien bislang nicht begriffen zu haben. Sie suchte durch das Drahtnetz hinauszuspähen. Dann nahm sie der Kleinen den Blumenstrauß ab und ging auf die Tür zu. Die Kleine folgte.

»Warten Sie, bis die Sonne tiefer steht«, sagte der Pater.

»Sie kommen um in der Hitze«, sagte seine Schwester regungslos im Hintergrund des Raumes. »Warten Sie, ich leihe Ihnen einen Sonnenschirm.«

»Danke«, erwiderte die Frau. »Es geht auch so.«

Sie nahm die Kleine an die Hand und betrat die Straße.

Baltazars wundervoller Nachmittag

Der Käfig war fertig. Baltazar hängte ihn aus alter Gewohnheit unter das Regendach, und als er sein Mittagessen beendet hatte, hieß es bereits überall, es sei der schönste Käfig von der Welt. Es kamen so viele Leute, um ihn anzusehen, dass vor dem Haus ein Auflauf entstand und Baltazar ihn abnehmen und seine Tischlerwerkstatt schließen musste.

»Du musst dich rasieren«, sagte Ursula, seine Frau. »Du siehst aus wie ein Kapuziner.«

»Es ist ungesund, sich nach dem Mittagessen zu rasieren«, sagte Baltazar.

Er hatte einen zwei Wochen alten Bart, kurzes sprödes und störrisches Haar wie eine Maultiermähne und war anscheinend ein erschrockener

Junge. Aber der Anschein trog. Er war im Februar dreißig Jahre alt geworden, lebte seit vier Jahren mit Ursula zusammen, ohne mit ihr verheiratet zu sein und Kinder zu haben, und das Leben hatte ihm genug Anlass gegeben, auf der Hut, doch keinen, erschrocken zu sein. Er wusste nicht einmal, dass für ein paar Leute sein gerade fertig gestellter Käfig der schönste von der Welt war. Für ihn, der seit seiner Kindheit Käfige machte, war die Arbeit kaum größer gewesen als bei den vorigen Malen.

»Dann ruh dich eine Weile aus«, sagte die Frau. »Mit dem Bart kannst du dich nirgends sehen lassen.«

Während er ausruhte, musste er mehrmals aus der Hängematte steigen, um den Nachbarn den Käfig zu zeigen. Ursula hatte dem Käfig bislang keine Beachtung geschenkt. Sie war verärgert, weil ihr Mann seine Tischlerarbeit vernachlässigt und sich ausschließlich dem Käfig gewidmet hatte, auch hatte er zwei Wochen lang schlecht geschlafen, hatte sich hin und her gewälzt und Unsinn geredet und nie mehr ans Rasieren gedacht. Doch ihr Ärger verflog beim Anblick des fertig gestellten Käfigs. Als Baltazar aus seinem Mittagsschlaf erwachte, hatte sie ihm die Hosen gebügelt und ein Hemd, hatte beides auf einen Stuhl neben der Hängematte gelegt und den Käfig auf den Esszimmertisch gestellt. Sie betrachtete ihn schweigend.

»Was wirst du für ihn verlangen?«, fragte sie.

»Ich weiß nicht«, entgegnete Baltazar. »Ich werde dreißig Pesos fordern, damit ich vielleicht zwanzig kriege.«

»Fordere fünfzig«, sagte Ursula. »Du hast dir in den letzten vierzehn Tagen viele Nächte um die Ohren geschlagen. Außerdem ist er sehr groß. Ich glaube, es ist der größte Käfig, den ich in meinem Leben gesehen habe.«

Baltazar machte sich ans Rasieren.

»Glaubst du, dass sie mir die fünfzig Pesos geben werden?«

»Eine Bagatelle für Don Chepe Montiel, und der Käfig ist es wert«, sagte Ursula. »Du solltest sechzig fordern.«

Das Haus lag in stickigem Halbdunkel. Es war die erste Aprilwoche, und die Hitze schien durch das Grillengezirpe noch unerträglicher. Als er sich angezogen hatte, öffnete Baltazar die Türe zum Innenhof, um frische Luft ins Haus zu lassen; eine Kinderschar drang ins Esszimmer.

Die Nachricht hatte sich herumgesprochen. Doktor Octavio Giraldo, ein alter Arzt, der seines Lebens froh, aber seines Berufs müde war, dachte an Baltazars Käfig, während er mit seiner gelähmten Frau zu Mittag aß. Auf der Innenterrasse, wo sie an heißen Tagen decken ließen, standen viele Blumentöpfe und zwei Käfige mit Kanarienvögeln. Seine Frau liebte Vögel, und sie liebte sie so sehr, dass sie Katzen hasste, weil diese imstande waren, die Vögel aufzufressen. Doktor Giraldo machte an jenem Nachmittag einen Krankenbesuch, während er an sie dachte, und ging auf dem Rückweg an Baltazars Haus vorbei, um sich den Käfig anzusehen.

Es waren viele Leute im Esszimmer. Auf dem Tisch zur Schau gestellt, glich die gewaltige Drahtkuppel mit ihren drei inwendigen Stockwerken, Verbindungsgängen und Sonderabteilungen zum Fressen und Schlafen sowie einem mit Hängerecks versehenen Aufenthaltsraum für die Vögel dem Miniaturmodell einer riesenhaften Eisfabrik. Der Arzt musterte den Käfig eingehend, ohne ihn zu berühren, und dachte, er sei weit schöner als der, den er sich für seine Frau erträumt hatte.

»Ein wahres Abenteuer der Phantasie«, sagte er. Er suchte Baltazar in der Gruppe und, seine fürsorglichen Augen auf ihn geheftet, fügte er hinzu: »Sie wären ein glänzender Architekt geworden.«

Baltazar errötete. »Danke«, sagte er.

»Nein, wirklich«, sagte der Arzt. Er war massig auf eine glatte, weiche Art wie eine Frau, die in ihrer Jugend schön gewesen war, und hatte feingliedrige Hände. Seine Stimme glich der eines lateinisch sprechenden Priesters. »Man braucht überhaupt keine Vögel hineinzusetzen«, sagte er und ließ den Käfig vor den Augen des Publikums kreisen, als wolle er ihn verkaufen. »Man hängt ihn einfach in die Bäume, und er singt von allein.« Er stellte ihn wieder auf den Tisch, betrachtete ihn einen Augenblick nachdenklich und sagte: »Schön, ich nehme ihn.«

»Er ist verkauft«, sagte Ursula.

»Er gehört dem Sohn von Don Chepe Montiel«, sagte Baltazar. »Er hat ihn extra bestellt.«

»Hat er dir eine Zeichnung gegeben?«

»Nein«, sagte Baltazar. »Er hat nur gesagt, er wolle einen großen Käfig wie diesen da, für ein Pärchen Turpiale.«

Der Doktor blickte den Käfig an.

»Der ist aber nicht für Turpiale geeignet.«

»Natürlich, Doktor«, sagte Baltazar, an den Tisch tretend. Die Kinder umringten ihn. »Die Maße sind genau berechnet«, sagte er und deutete mit dem Zeigefinger auf die verschiedenen Abteilungen. Dann schlug er mit den Handknöcheln auf die Kuppel, und der Käfig hallte von tiefen Akkorden wider.

»Es ist der widerstandsfähigste Draht, den ich auftreiben konnte, jedes Gelenk ist innen und außen gelötet«, sagte er.

»Er taugt sogar für einen Papagei«, warf eines der Kinder ein.

»Stimmt«, sagte Baltazar.

Der Arzt wandte den Kopf.

»Schön, aber eine Zeichnung hat er dir nicht gegeben«, sagte er. »Er hat dir keine genauen Angaben gemacht, hat nur gesagt, dass es ein großer Käfig für Turpiale sein sollte. Oder nicht?«

»Stimmt«, sagte Baltazar.

»Dann hat es nichts zu sagen«, sagte der Arzt. »Ein großer Käfig für Turpiale ist eines, dieser Käfig ist etwas anderes. Kein Mensch kann beweisen, dass man diesen Käfig bei dir bestellt hat.«

»Doch, genau diesen«, sagte Baltazar verwirrt. »Darum habe ich ihn ja gemacht.«

Der Arzt machte eine ungeduldige Handbewegung.

»Du könntest ja einen zweiten machen«, sagte Ursula und blickte ihren Mann an. Dann, zum Arzt gewandt: »Sie haben's doch nicht eilig.«

»Ich habe ihn meiner Frau für heute Nachmittag versprochen«, sagte der Arzt.

»Es tut mir sehr Leid, Doktor«, sagte Baltazar, »aber man kann nicht etwas verkaufen, was schon verkauft ist.«

Der Arzt zuckte mit den Achseln. Er wischte sich mit einem Taschentuch den Schweiß vom Hals, betrachtete schweigend den Käfig, ohne den Blick von einem bestimmten unbestimmten Punkt zu wenden, wie man einem auslaufenden Schiff nachblickt.

»Was haben sie dir dafür gegeben?«

Baltazar suchte Ursulas Augen, ohne zu antworten. »Sechzig Pesos«, sagte sie.

Der Arzt blickte noch immer den Käfig an.

»Er ist wunderschön«, seufzte er. »Wunderwunderschön!« Dann bewegte er sich auf die Tür zu, begann sich heftig zu fächeln, lächelnd, und die Erinnerung an das Erlebnis schwand für immer aus seinem Gedächtnis.

»Montiel ist sehr reich«, sagte er.

In Wirklichkeit war José Montiel weniger reich, als er aussah, und doch war er vor nichts zurückgeschreckt, um es zu werden. Wenige Häuserblocks entfernt, in einem mit Gegenständen voll gestopften Haus, in dem nie jemand den Geruch von etwas Unverkäuflichem wahrgenommen hatte, ließ ihn die Nachricht von dem Käfig kalt. Seine von Todesgedanken gequälte Frau verriegelte nach dem Mittagessen Türen und Fenster und lag zwei Stunden im Halbdunkel des Schlafzimmers mit offenen Augen da, während José seinen Mittagsschlaf hielt. So überrumpelte sie vielstimmiger Lärm. Sie öffnete die Wohnzimmertür und sah einen Auflauf vor dem Haus und mitten in dem Auflauf Baltazar mit dem Käfig, im weißen Anzug und frischrasiert, mit jenem Gesichtsausdruck treuherziger Bescheidenheit, mit der die Armen die Häuser der Reichen betreten.

»Wie wunderschön!«, rief José Montiels Frau mit strahlendem Gesichtsausdruck und führte Baltazar hinein. »So was habe ich in meinem Leben nicht gesehen«, sagte sie und, ungehalten über die sich in der Tür drängenden Menge, fügte sie hinzu: »Aber bringen Sie ihn doch herein, sonst wird unser Wohnzimmer noch zum Hahnenkampfplatz.«

Baltazar war kein Fremder in José Montiels Haus. Verschiedene Male war er dank seiner Tüchtigkeit und Zuverlässigkeit für kleinere Tischlerarbeiten gerufen worden. Aber wohl war ihm nie bei reichen Leuten. Wenn er an sie dachte, an ihre hässlichen und zänkischen Frauen, an die beängstigenden chirurgischen Eingriffe bei ihnen, befiel ihn stets ein Gefühl des Mitleids. Sobald er ihre Häuser betrat, konnte er sich nur noch schleppend vorwärts bewegen.

»Ist Pepe da?«, fragte er.

Er hatte den Käfig auf den Esszimmertisch gestellt.

»Er ist in der Schule«, sagte José Montiels Frau. »Aber er muss gleich kommen.« Und fügte hinzu: »Montiel nimmt gerade ein Bad.«

In Wirklichkeit hatte José Montiel keine Zeit zu einem Bad gehabt. Er rieb sich gerade hastig mit Kampferspiritus ab, um hereinkommen und nachsehen zu können, was los war. Er war ein so vorsichtiger Mann, dass er ohne elektrischen Ventilator schlief, um noch im Schlaf die Geräusche im Haus überwachen zu können.

»Adelaide«, schrie er. »Was ist denn hier los?«

»Komm und sieh dir etwas Wunderschönes an«, schrie seine Frau.

José Montiel, massig und behaart, sein Handtuch um den Hals geschlungen, erschien im Schlafzimmerfenster.

»Was ist das?«

»Der Käfig von Pepe«, sagte Baltazar.

Die Frau blickte ihn verblüfft an.

»Von wem?«

»Von Pepe«, bestätigte Baltazar. Und zu José Montiel gewandt: »Pepe hat ihn bei mir bestellt.«

In diesem Augenblick geschah nichts, doch Baltazar kam es so vor, als habe man ihm die Badezimmertür geöffnet. José Montiel trat in Unterhosen aus dem Schlafzimmer.

»Pepe«, schrie er.

»Er ist noch nicht da«, murmelte seine Frau regungslos.

Pepe erschien in der Türfüllung. Er mochte zwölf Jahre alt sein und hatte die gebogenen Wimpern und den stillen Leidenszug seiner Mutter.

»Komm hierher«, sagte José Montiel. »Hast du das hier bestellt?«

Der Junge senkte den Kopf. José Montiel packte ihn an den Haaren und zwang ihn, ihm in die Augen zu sehen.

»Antworte.«

Der Junge biss sich wortlos auf die Lippen.

»Montiel«, flüsterte seine Frau.

José Montiel ließ den Jungen los und wandte sich wieder an Baltazar, mit gallebitterer Miene.

»Tut mir sehr Leid, Baltazar«, sagte er. »Aber du hättest mich vorher fragen sollen. Nur du bringst es fertig, mit einem Minderjährigen einen Handel einzugehen.« Während er sprach, gewann sein Gesicht wieder seine Ruhe. Er hob den Käfig auf, ohne ihn anzusehen und gab ihn Baltazar zurück. »Nimm ihn sofort wieder mit und sieh zu, wie du ihn los wirst«, sagte er. »Und um eines bitte ich dich: keine Widerreden.« Er klopfte ihm leicht auf den Rücken und erklärte: »Der Arzt hat mir Ärger verboten.«

Der Junge hatte regungslos dagestanden, ohne mit der Wimper zu zucken, bis Baltazar mit dem Käfig in der Hand ihn verblüfft anblickte. Nun stieß Pepe einen Rachenlaut aus wie Hundeknurren und warf sich schreiend auf den Boden.

José Montiel blickte ihn gleichgültig an, während die Mutter ihn zu beruhigen suchte.

»Heb ihn nicht auf«, sagte José Montiel. »Er soll sich ruhig den Schädel auf dem Boden einschlagen, und dann reibst du ihn mit Salz und Zitrone ein, damit er nach Herzenslust toben kann.«

Der Junge kreischte tränenlos, während seine Mutter ihn an den Handgelenken festhielt.

»Lass ihn los«, beharrte José Montiel.

Baltazar beobachtete den Jungen, wie er den Todeskampf eines tollwütigen Tieres beobachtet hätte. Es war fast vier Uhr. Zu dieser Stunde sang Ursula zu Haus ein uraltes Lied, während sie Zwiebeln in Scheiben schnitt.

»Pepe«, sagte Baltazar.

Er trat auf den Jungen zu, lächelnd, und hielt ihm den Käfig hin. Der Junge sprang mit einem Satz auf die Füße, umarmte den Käfig, der fast so groß war wie er, und starrte Baltazar durch die Drahtmaschen an, ohne zu wissen, was er sagen sollte. Er hatte nicht eine Träne vergossen.

»Baltazar«, sagte Montiel sanft. »Ich habe dir gesagt, du sollst ihn mitnehmen.«

»Gib ihn zurück«, befahl die Mutter dem Jungen. »Behalte ihn«, sagte Baltazar. Und zu José Montiel gewandt: »Schließlich und endlich habe ich ihn dafür gemacht.«

José Montiel ging ihm bis ins Wohnzimmer nach.

»Sei nicht blöd, Baltazar«, sagte er und vertrat ihm den Weg.

»Nimm deinen Plunder mit nach Haus, und mach nicht noch mehr Dummheiten. Ich denke nicht daran, dir auch nur einen Centavo zu zahlen.«

»Macht nichts«, sagte Baltazar. »Ich habe ihn extra gemacht, um ihn Pepe zu schenken. Ich wollte ohnehin nichts dafür haben.«

Als Baltazar sich durch die Gaffer, die die Tür versperrten, einen Weg bahnte, stand José Montiel mitten im Wohnzimmer und brüllte. Er war aschfahl, und seine Augen waren blutunterlaufen.

»Idiot!«, brüllte er. »Fort mit deinem Trödel. Das fehlte mir noch, dass irgendein Hergelaufener meint, er kann in meinem Haus befehlen, Scheiße noch mal!«

Im Billardsalon wurde Baltazar stürmisch begrüßt. Bis zu diesem Augenblick hatte er geglaubt, er habe einen besseren Käfig als die vorigen gemacht, er habe ihn José Montiels Sohn schenken müssen, damit der nicht mehr weint, und dass an all dem nichts Besonderes sei. Nun aber wurde ihm klar, dass die ganze Angelegenheit für viele Leute eine gewisse Bedeutung hatte, und er fühlte sich leicht erregt.

»Sie haben dir also fünfzig Pesos für den Käfig gegeben.«

»Sechzig«, sagte Baltazar.

»Dafür musst du einen Strich in den Himmel malen«, sagte jemand. »Du bist der Einzige, dem es gelungen ist, Don Chepe Montiel diesen Haufen Geld abzuknöpfen. Das muss gefeiert werden.«

Sie boten ihm ein Bier an, und Baltazar revanchierte sich mit einer Runde für alle. Da er zum ersten Mal trank, war er bei Einbruch der Nacht vollständig betrunken und sprach von einem fabelhaften Plan von tausend Käfigen zu je sechzig Pesos, dann von einer Million Käfigen, die ihm sechzig Millionen Pesos einbringen würden.

»Man muss vieles machen, um es den reichen Leuten zu verkaufen, bevor sie sterben«, sagte er, vom Saufen blind. »Sie sind alle krank und müssen sterben. Da sie so beschissen krank sind, können sie sich nicht mal mehr ärgern.«

Zwei Stunden lag spielte der Musikautomat ohne Unterbrechung auf Baltazars Rechnung. Alle stießen auf sein Wohl an, auf sein Glück und Vermögen und auf den Tod der reichen Leute, aber zur Abendessenszeit ließen sie ihn allein im Billardsalon zurück.

Ursula hatte bis acht Uhr mit einem Teller Zwiebelfleisch auf ihn gewartet. Jemand hatte ihr gesagt, ihr Mann sei im Billardsalon, verrückt vor Glück, und halte alle Welt mit Bier frei, aber sie glaubte es nicht, weil Baltazar sich nie betrunken hatte. Als sie sich gegen Mitternacht schlafen legte, saß Baltazar in einem hell erleuchteten Salon mit Vierertischen und Stühlen drum herum und einer Tanzfläche im Freien, auf der die Rohrdommeln herumspazierten. Sein Gesicht war mit Schminke bemalt, und da er keinen Schritt mehr gehen konnte, dachte er, er wolle jetzt mit zwei Frauen ins Bett gehen. Er hatte so viel ausgegeben, dass er seine Uhr als Pfand hinterlegen und sich verpflichten musste, am nächsten Tag zu zahlen. Als er einen Augenblick später auf der Straße alle Viere von sich streckte, merkte er, dass man ihm die Schuhe auszog, aber er wollte nicht den glücklichsten Traum seines Lebens aufgeben. Die Frauen, die auf dem Weg zur Fünf-Uhr-Messe an ihm vorbeigingen, wagten nicht ihn anzublicken, weil sie ihn für tot hielten.

Ein sehr alter Herr mit riesengroßen Flügeln

Am dritten Regentag hatten sie im Innern des Hauses so viele Krebse getötet, dass Pelayo durch seinen überschwemmten Hinterhof waten musste, um sie ins Meer zu werfen, denn das Neugeborene hatte die ganze Nacht gefiebert, und man glaubte, der Pestgestank sei daran schuld. Die Welt war trostlos seit Dienstag. Der Himmel und das Meer waren ein einziges Aschgrau, und der Sand des Strandes, der im März funkelte wie Glutstaub, hatte sich in einen Brei aus Schlamm und verfaulten Seemuscheln verwandelt. Das Licht war so fahl am Mittag, dass Pelayo, nachdem er die Krebse fortgeworfen hatte, beim Heimkehren nur mit Mühe wahrnahm, was sich da hinten im Hof bewegte und jammerte. Er musste ganz nahe herantreten, um zu entdecken, dass es ein alter Mann war, der mit dem Gesicht im Schlamm lag und sich trotz großer Anstrengungen nicht aufrichten konnte, weil ihn seine riesengroßen Flügel daran hinderten.

Erschreckt von diesem Albtraum, lief Pelayo zu Elisenda, seiner Frau, die gerade dem kranken Kind Umschläge machte, und führte sie in die Tiefe des Hofs. Beide beobachteten den gefallenen Körper mit stummer Bestürzung. Er war gekleidet wie ein Lumpensammler. Auf dem Kahlkopf waren ihm nur ein paar verblichene Strähnen, im Mund nur wenige Zähne erhalten geblieben, und sein beklagenswerter Zustand eines durchnässten Urgroßvaters hatte ihn aller Größe beraubt. Seine großen Aasgeierflügel, schmutzig und zerrupft, lagen für immer gestrandet im Schlamm, Pelayo und Elisenda betrachteten ihn so lange und so aufmerksam, dass sie sich sehr rasch von ihrer Verblüffung erholten und er ihnen schließlich ganz vertraut vorkam. Sie wagten ihn anzusprechen, und er antwortete in unverständlicher Mundart, aber mit kräftiger Seemannsstimme. So kam es, dass sie das Unschickliche der Flügel übersahen und vernünftig folgerten, er sei ein einsamer Schiffbrüchiger irgendeines im Sturm verschollenen ausländischen Schiffes. Trotzdem riefen sie eine Nachbarin, die alle Dinge des Lebens und des Todes kannte, damit diese ihn sich ansah, und ihr genügte ein Blick, um die beiden über ihren Irrtum aufzuklären.

»Es ist ein Engel«, sagte sie. »Er ist sicherlich wegen des Kindes gekommen, aber der Ärmste ist so alt, dass der Regen ihn zu Fall gebracht hat.«

Am nächsten Tag wusste alle Welt, dass in Pelayos Haus ein Engel aus Fleisch und Blut gefangen lag. In Anbetracht des Urteilsspruchs der weisen Nachbarin, für die die Engel dieser Zeiten flüchtige Überlebende einer himmlischen Verschwörung waren, hatten sie nicht das Herz gehabt, ihn mit Stockschlägen zu töten. Pelayo, bewaffnet mit seinem Polizeidienerknüppel, überwachte ihn den ganzen Nachmittag von der Küche aus, und bevor er zu Bett ging, zerrte er ihn aus dem Schlamm und sperrte ihn zu den Hühnern in das drahtvergitterte Hühnergatter. Um Mitternacht, als der Regen aufhörte, töteten Pelayo und Elisenda noch immer Krebse. Kurz darauf erwachte das Kind, fieberfrei und esslustig. Nun fühlten sie sich großmütig und beschlossen, den Engel auf ein Floß zu setzen, mit Trinkwasser und Proviant für drei Tage, um ihn auf hoher See seinem Los zu überlassen. Doch als sie beim ersten Frühlicht in den Hinterhof hinaustraten, fanden sie die gesamte Nachbarschaft vor dem Hühnergatter versammelt, wo diese ohne die geringste Ehrerbietung mit dem Engel Schabernack trieb und ihm Essbares durch die Löcher des Drahtgeflechts zuwarf, als sei er kein übernatürliches Geschöpf, sondern ein Zirkustier.

Pater Gonzaga, erschrocken über die außergewöhnliche Nachricht, traf bereits vor sieben ein. Zu dieser Stunde kamen weniger leichtfertige Neugierige als die im Morgengrauen erschienenen und stellten allerhand Mutmaßungen über die Zukunft des Gefangenen an. Die Einfältigsten dachten, er würde zum Weltbürgermeister ernannt. Andere, die rauer veranlagt waren, vermuteten, er würde zum Fünf-Sterne-General befördert werden, um alle Kriege zu gewinnen. Einige Seher hofften, er würde als Zuchttier aufbewahrt, damit auf der Erde eine Gattung geflügelter weiser Männer die Führung des Weltalls übernahm. Doch bevor Pater Gonzaga Pfarrer wurde, war er ein handfester Holzfäller gewesen. Am Drahtzaun stehend, befragte er einen Augenblick lang sein Brevier und bat noch, man möge ihm die Tür öffnen, damit er aus der Nähe das jämmerliche Mannsbild prüfen könne, das zwischen all den verstörten Hühnern wie ein riesiges altersschwaches Huhn aussah. Er lag in einem Winkel und trocknete die ausgebreiteten Flügel an der Sonne zwischen Obstschalen und den Resten des Frühstücks, das die Frühaufsteher ihm zugeworfen hatten. Gegen weltliche Unverschämtheiten gefeit, hob er kaum seine Antiquarsaugen und murmelte etwas in seiner Mundart, als Pater Gonzaga den Hühnerstall betrat und ihm auf lateinisch einen guten Morgen wünschte. Der Gemeindepfarrer argwöhnte zum ersten Mal Betrug, als er feststellte, dass jener weder die Sprache Gottes verstand noch wusste, wie man Seine Diener begrüßt. Dann bemerkte er, dass der Fremde aus der Nähe nur zu menschlich war: Er roch unerträglich nach Wind und Wetter, die Unterseite seiner Flügel war besät mit Schmarotzeralgen, und die Hauptfedern waren von irdischen Winden misshandelt, nichts von seiner elenden Natur stand im Einklang mit der erhabenen Würde der Engel. Pater Gonzaga verließ den Hühnerstall und warnte die Gaffer in einer kurzen Predigt vor den Gefahren der Einfalt. Er erinnerte sie daran, dass der Teufel die schlechte Angewohnheit hat, mit Karnevalskunst die Arglosen zu verwirren. Er wies nach, dass Flügel nicht den wesentlichen Unterschied zwischen einem Falken und einem Flugzeug ausmachen, und dennoch zu erkennen ist, dass es keine Engel sind. Übrigens versprach er einen Brief an seinen Bischof zu schreiben, damit dieser einen an seinen Vorgesetzten und dieser seinerseits an den Papst schreiben könne, damit der endgültige Schiedsspruch von der allerhöchsten Instanz käme.

Seine Ermahnung fiel nicht in fruchtbare Herzen. Die Nachricht vom gefangenen Engel verbreitete sich mit solcher Schnelligkeit, dass nach wenigen Stunden Marktgeschrei den Hinterhof füllte, sodass ein Trupp mit aufgepflanzten Bajonetten gerufen werden musste, um den Menschenauflauf auseinander zu scheuchen, der nahe daran war, das Haus einzureißen. Elisenda, die vom unablässigen Fortfegen der Marktabfälle einen krummen Rücken bekommen hatte, kam auf die gute Idee, den Hinterhof abzusperren und für die Besichtigung des Engels fünf Centavos Eintritt zu verlangen.

Es kamen Neugierige bis aus Martinique. Es kam ein fahrender Jahrmarkt mit einem fliegenden Akrobaten, der mehrmals über die Menge hinsummte, doch niemand achtete auf ihn, denn seine Flügel waren nicht die eines Engels, sondern die einer siderischen Fledermaus. Es kamen auf der Suche nach Heilung die unglücklichsten Kranken der Karibik: eine arme Frau, die seit ihrer Kindheit die Schläge ihres Herzens zählte und der die Zahlen ausgegangen waren, ein Jamaikaner, der nicht schlafen konnte, weil ihn der Lärm der Sterne quälte, ein Schlafwandler, der nachts aufstand und die Dinge zunichte machte, die er im wachen Zustand hergestellt hatte, und viele andere weniger schwere Fälle. Inmitten dieses schiffbruchartigen Aufruhrs, der die Erde erbeben ließ, waren Pelayo und Elisenda glücklich vor Erschöpfung, denn in weniger als einer Woche stopften sie die Schlafzimmer mit Geld voll, und noch immer reichte die Schlange der Pilger, die auf Eintritt harrten, bis zur anderen Seite des Horizonts. Der Engel war der Einzige, der an seinem eigenen Ereignis nicht teilnahm. Die Zeit verging ihm, während er, benommen von der Höllenhitze der Öllampen und Opferkerzen, die sie längs des Drahtgitters für ihn aufstellten, in seinem geliehenen Nest Bequemlichkeit suchte. Anfangs versuchten sie ihn zum Essen von Mottenkugeln zu bewegen, die der Weisheit der weisen Nachbarin zufolge die besondere Nahrung der Engel waren. Er jedoch verschmähte sie, wie er, ohne sie zu kosten, auch die päpstlichen Mittagessen verschmähte, die die Bußfertigen ihm brachten, und man erfuhr nie, ob er, weil Engel oder weil Greis, nichts anderes aß als Auberginenbrei. Seine einzige übernatürliche Tugend schien die Geduld zu sein. Vor allem in der ersten Zeit, als die Hühner nach ihm pickten auf der Suche nach Sternschmarotzern, die in seinen Flügeln wimmelten, und die Krüppel ihm Federn ausrissen, um ihre Gebresten damit zu bestreichen, und sogar die Barmherzigsten Steine nach ihm warfen, um ihn zum Aufstehen zu bewegen, damit sie seinen ganzen Körper sehen konnten. Ein einziges Mal brachten sie ihn aus der Ruhe, als sie seinen Rücken mit einem Brenneisen für Jungstiere sengten, weil er so viele Stunden reglos dagelegen hatte, dass sie ihn schon tot glaubten. Erschreckt fuhr er auf und belferte in seiner unverständlichen Sprache mit tränenblinden Augen und schlug ein paar Mal mit den Flügeln, wirbelte dabei Hühnermist und Mondstaub auf und verursachte ein panisches Gestürm, das nicht von dieser Welt war. Wenngleich viele glaubten, seine Reaktion sei nicht Zorn, sondern Schmerz gewesen, so hüteten sie sich fortan, ihn zu belästigen, weil die Mehrheit begriffen hatte, dass seine Teilnahmslosigkeit nicht die eines Helden im Genuss schöner Muße war, sondern die einer zur Ruhe gegangenen Sintflut.

Pater Gonzaga bot der leichtfertigen Menge mit Formeln häuslicher Erleuchtung die Stirn, solange ein abschließendes Urteil über die Natur des Gefangenen ausstand. Denn die Post aus Rom hatte die Dringlichkeit der Angelegenheit vergessen. So vertrieben sie sich die Zeit damit zu prüfen, ob der Gefangene einen Nabel besaß, ob seine Mundart etwas mit dem Aramäischen zu tun hatte, wie viele Male er auf eine Nadelspitze passte oder ob er nicht schlichtweg ein Norweger mit Flügeln sei. Jene seltenen Briefe wären wohl bis ans Ende der Jahrhunderte hin und her gegangen, hätte nicht ein Ereignis der Vorsehung den Anfechtungen des Gemeindepfarrers ein Ende gesetzt.

In jenen Tagen geschah es nämlich, dass unter vielen anderen Attraktionen der karibischen Wanderjahrmärkte im Dorf ein Monstrum von Frau zu sehen war, die wegen Ungehorsams ihren Eltern gegenüber in eine Spinne verwandelt worden war. Der Eintrittspreis für ihre Besichtigung war nicht nur geringer als der für den Engel, es war auch erlaubt, ihr jede Art von Fragen über ihre absonderliche Beschaffenheit zu stellen und sie von vorne und hinten zu untersuchen, sodass niemand die Wahrheit des Entsetzlichen bezweifeln konnte. Es war eine ungeheure Tarantel von der Größe eines Hammels und mit einem Kopf einer traurigen Jungfer. Aber nicht ihr aberwitziges Aussehen war das Herzzerreißendste, sondern die ernste Kümmernis, mit der sie die Einzelheiten ihres Missgeschicks erzählte. Fast noch ein Kind, hatte sie sich aus ihrem Elternhaus auf einen Ball gestohlen, und als sie durch den Wald heimkehrte, nachdem sie die ganze Nacht ohne Erlaubnis getanzt hatte, riss ein fürchterlicher Donnerschlag den Himmel in zwei Hälften, und durch diese Spalte stieß der Schwefelblitz herab, der sie in eine Spinne verwandelte. Ihre einzige Nahrung waren Fleischbällchen, die mildtätige Seelen ihr in den Mund stopften. Eine solche Erscheinung, beladen mit so viel menschlicher Wahrheit und derart abschreckender Beispielhaftigkeit, musste ungewollt die eines hochmütigen Engels übertrumpfen, der sich kaum dazu herabließ, die Sterblichen anzublicken. Überdies offenbarten die dem Engel zugeschriebenen kümmerlichen Wunder eine gewisse geistige Verwirrung, wie Wunder an dem Blinden, der zwar nicht sein Augenlicht wiedergewann, dem aber drei neue Zähne wuchsen, oder das an dem Lahmen, der zwar nicht wieder gehen konnte, aber drauf und dran war, in der Lotterie zu gewinnen, und das am Aussätzigen, in dessen Schwären Sonnenblumen sprossen.

Diese Trostwunder, die eher wie spöttische Kurzweil wirkten, hatten dem Leumund des Engels bereits geschadet, als die in eine Spinne verwandelte Frau ihn gänzlich vernichtete. So wurde Pater Gonzaga auf immer von der Schlaflosigkeit geheilt, und Pelayos Hinterhof wurde wieder so einsam wie zu der Zeit, als es drei Tage lang geregnet hatte und die Krebse durch die Schlafzimmer liefen.

Die Hausbesitzer hatten keinen Grund zur Klage. Mit dem eingenommenen Geld bauten sie ein zweistöckiges Herrenhaus mit Balkonen und Gärten und sehr hohen Netzen gegen die Krebse im Winter und mit Eisengittern vor den Fenstern, damit keine Engel eindringen konnten. Pelayo eröffnete in nächster Nähe des Dorfs eine Kaninchenzucht und verzichtete für immer auf seine armselige Stellung als Polizeidiener, und Elisenda kaufte sich hochhackige Satinschuhe und viele Kleider aus schillernder Seide, wie sie die begehrtesten Damen in jenen Zeiten an Sonntagen trugen. Nur der Hühnerstall bekam keine Aufmerksamkeit geschenkt. Wenn sie ihn gelegentlich mit Kreolin auswuschen und in seinem Innern Myrrhenharztränen verbrannten, so nicht zu Ehren des Engels, sondern um den Pestgestank des Misthaufens zu vertreiben, der schon wie ein Gespenst auswucherte und das neue Haus in ein altes verwandelte. Anfangs, als das Kind gehen lernte, taten sie alles, damit es nicht in die Nähe des Hühnergatters geriet. Doch bald vergaßen sie ihre Befürchtungen und gewöhnten sich an den Pesthauch, und bevor das Kind die zweiten Zähne bekam, war es bereits zum Spielen in den Hühnerstall gekrochen, dessen vermodertes Drahtgeflecht zerfiel. Der Engel verhielt sich dem Kleinen gegenüber nicht weniger ablehnend als dem Rest der Sterblichen gegenüber, ertrug jedoch die erfinderischsten Niederträchtigkeiten mit der Langmut eines illusionslosen Hundes. Beide bekamen gleichzeitig Windpocken. Der Arzt, der den Kleinen behandelte, widerstand nicht der Versuchung, den Engel zu auskultieren und fand so viel Gepfeife im Herzen und so viele Geräusche in den Nieren, dass dieser seiner Meinung nach unmöglich noch am Leben sein konnte. Was ihn überdies verblüffte, war die Logik der Flügel. Sie erwiesen sich in diesem völlig menschlichen Organismus als so natürlich, dass man nicht begreifen konnte, warum andere Menschen nicht auch welche besaßen.

Als der Knabe zur Schule ging, hatten Sonne und Regen den Hühnerstall längst vernichtet. Der Engel schleppte sich wie ein herrenloser Sterbender hierhin und dorthin. Fegten sie ihn aus dem Schlafzimmer heraus, fanden sie ihn einen Augenblick später in der Küche wieder. Er schien an so vielen Orten gleichzeitig zu sein, dass sie auf den Gedanken kamen, er habe sich vervielfältigt, er wiederhole sich selbst über das ganze Haus hin, und die verbitterte Elisenda schrie außer sich, es sei ein Verhängnis, in dieser von Engeln gefüllten Hölle zu leben. Er konnte kaum mehr essen, seine Antiquarsaugen waren so trüb geworden, dass er gegen die Balken stieß, und nur die kahlen Schäfte seiner letzten Federn waren ihm geblieben. Pelayo warf ihm eine Decke über und ließ ihn mildtätig im Schuppen schlafen, und da merkten sie erst, dass er nachts fieberte und in zungenbrecherischem Altnorwegisch delirierte. Das war eines der seltenen Male, dass sie sich beunruhigten, weil sie dachten, er würde sterben, und nicht einmal die weise Nachbarin hatte ihnen sagen können, was man mit toten Engeln machte.

Er jedoch überlebte nicht nur seinen schlimmsten Winter, sondern wirkte bei den ersten Sonnenstrahlen auch viel munterer. Reglos verharrte er viele Tage im entlegensten Winkel des Hinterhofs, wo niemand ihn sah, und Anfang Dezember begannen an seinen Flügeln etliche große harte Federn zu wachsen, Vogelscheuchenfedern, die freilich eher wie neue widerwärtige Anzeichen von Altersschwäche wirkten. Er indes musste den Grund für diese Veränderungen kennen, denn er wachte eifrig darüber, dass niemand sie bemerkte und dass niemand die Seemannslieder hörte, die er bisweilen unter den Sternen sang. Eines Morgens schnitt Elisenda für das Mittagessen Zwiebeln in Scheiben, als ein Windzug, der von der hohen See zu kommen schien, durch die Küche blies. Sie trat ans Fenster und überraschte den Engel bei seinen ersten Flugversuchen. Sie waren so schwerfällig, dass er mit seinen Fingernägeln eine Pflugspur im Gemüsebeet aufwarf und nahe daran war, den Schuppen mit den Schlägen seiner unwürdigen Flügel einzureißen, die im Licht ausglitten und keinen Halt in der Luft fanden. Doch dann gewann er an Höhe. Elisenda tat einen erleichterten Seufzer, ihretwegen und seinetwegen, als sie ihn über die letzten Häuser entschweben sah, wo er sich mit dem unheilvollen Geflatter eines altersschwachen Aasgeiers notdürftig in der Luft hielt. Sie blickte ihm nach, als sie ihre letzten Zwiebeln aufgeschnitten hatte, und sie blickte ihm immer noch nach, als er nicht mehr zu sehen war, denn nun war er keine Last mehr in ihrem Leben und nur noch ein imaginärer Punkt am Horizont des Meers.

Die letzte Reise des Gespensterschiffs

Jetzt sollt ihr sehen, wer ich bin, sagte er zu sich mit seiner neuen Männerstimme, viele Jahre nachdem er zum ersten Mal den riesigen Überseedampfer gesehen hatte, der ohne Lichter und ohne Lärm eines Nachts am Dorf vorübergefahren war wie ein großer unbewohnter Palast, größer als das ganze Dorf und viel höher als der Turm seiner Kirche, und im Dunkeln auf die auf der anderen Seite der Bucht gegen die Bukaniere befestigte Kolonialstadt zugesegelt war mit ihrem alten Negersklavenhafen und dem kreisenden Leuchtturm, dessen düstere Windmühlenflügel aus Licht alle fünfzehn Sekunden das Dorf zu einem Mondlager aus phosphoreszierenden Häusern und vulkanischen Wüstenstraßen verklärte, und wenn er auch damals ein Knabe ohne Männerstimme gewesen war, aber die Erlaubnis seiner Mutter hatte, bis spät am Strand die nächtlichen Harfen des Windes zu hören, so konnte er sich noch so daran erinnern, als sähe er, wie der Überseedampfer verschwand, wenn das Licht des Leuchtturms ihn in der Flanke traf, und wieder auftauchte, wenn das Licht vorbeigeglitten war, sodass es ein Wechselschiff war, das bis zur Einfahrt in die Bucht auftauchte und untertauchte und schlafwandlerisch tastend die Bojen suchte, die die Fahrtrinne des Hafens anzeigten, bis wohl etwas mit seiner Kompassnadel schief ging, denn das Schiff trieb auf die Klippen zu, lief auf Grund, ging in Stücke und sank ohne jegliches Geräusch, auch wenn ein derartiger Aufprall auf die Riffe ein eisernes Getöse hätte hervorrufen müssen und eine Maschinenexplosion, die die im Tiefschlaf versunkenen Drachen hätte zu Eis erstarren lassen müssen in dem prähistorischen Urwald, der in den letzten Straßen der Stadt begann und auf der anderen Seite der Welt endete, sodass der Junge selber glaubte, es sei ein Traum gewesen, zumal am nächsten Tag, als er das strahlende Aquarium der Bucht sah, das farbige Wirrwarr der Negerbaracken auf den Hügeln des Hafens, die Schoner der Schmuggler aus den Guayanas, die ihre Ladungen unschuldiger Papageien empfingen, die die Kröpfe voller Diamanten hatten, und er dachte, ich bin eingeschlafen, als ich die Sterne zählte, und habe von diesem gewaltigen Schiff geträumt, gewiss, er war so überzeugt davon, dass er es niemandem erzählte und sich auch nicht an die Vision erinnerte bis zur gleichen Nacht im darauf folgenden März, als er rötliches Gewölk von Delphinen im Meer suchte, und was er fand, war der trügerische Überseedampfer, düster, ein Wechseldampfer, mit der gleichen verfehlten Fahrtrichtung wie beim ersten Mal, nur dass der Junge diesmal so sicher war, wach zu sein, dass er lief und es seiner Mutter erzählte, und sie stöhnte drei Wochen lang vor Enttäuschung, weil dir dein Gehirn verfault, wenn du immer alles auf den Kopf stellst, den Tag verschläfst und die Nacht verbummelst wie Leute mit schlechtem Lebenswandel, und da sie in jenen Tagen in die Stadt gehen musste, eine bequeme Sitzgelegenheit zu kaufen, um darauf an den toten Ehemann zu denken, weil die Kufen ihres Schaukelstuhls nach elf Jahren Witwenschaft verbraucht waren, nutzte sie die Gelegenheit, den Bootsmann zu bitten, dass er an den Riffen entlangfuhr, damit ihr Sohn sehen könne, was er auch tatsächlich im Schaufenster des Meeres sah, das Liebesspiel der Stachelrochen in einem Frühling von Schwämmen, rosafarbene Meerwölfe und die blauen Korvinen, die in andere Brunnen weicheren Wassers tauchten, die es zwischen dem Wasser gab, und sogar die umherirrenden Haarschöpfe der Ertrunkenen eines kolonialen Schiffbruchs, aber weder Spuren von untergegangenen Überseedampfern noch die irgendeines toten Kindes, und trotzdem war er so halsstarrig, dass seine Mutter versprach, ihn am Vorabend des nächsten Märztages zu begleiten, sicherlich ohne zu wissen, dass das einzig Sichere ihrer Zukunft ein Sessel aus Francis Drakes Zeiten war, den sie bei einer Türkenversteigerung erstanden hatte und auf den sie sich am selben Abend zum Ausruhen setzte, seufzend, ach mein armer Holofernes, wenn du sähest, wie gut man an dich denkt auf diesem Samtbezug mit Brokatverzierung vom Katafalk einer Königin, doch je heftiger sie ihren toten Mann beschwor, desto heftiger siedete das Blut in ihrem Herzen und wurde zu Schokolade, als renne sie statt zu sitzen, durchnässt von Schüttelfrösten, den Atem voller Erde, bis der Sohn im Morgengrauen heimkehrte und sie tot im Sessel fand, noch warm, doch schon halb verfault wie nach einem Schlangenbiss, genauso, wie es später vier anderen Señoras erging, bevor sie den Mördersessel ins Meer warfen, weit hinaus, wo er niemandem etwas zuleide tun konnte, denn er war durch die Jahrhunderte derart abgenutzt worden und hatte folglich die Fähigkeit, Entspannung zu spenden, eingebüßt, sodass der Junge sich an die elende Eigenschaft einer Waise gewöhnen musste und von allen als der Sohn der Witwe bezeichnet wurde, die den Thronsessel des Unglücks ins Dorf gebracht hatte, und er lebte dort weniger von der öffentlichen Nächstenliebe als von Fischen, die er aus den Booten stahl, während seine Stimme zu einem Brüllen anschwoll und er sich nicht mehr an seine einstige Vision erinnerte bis zu einer anderen Märznacht, in der er zufällig aufs Meer hinaussah, und dort, gute Mutter, dort ist er, der unheimliche Asbestwal, das brüllende Biest, kommt und seht es euch an, schrie er wahnsinnig, kommt und seht es, und er vollführte ein solches Hundegebell und Weibergezeter, dass sogar die ältesten Männer sich an ihre Urgroßväterschrecken erinnerten und unter ihre Betten krochen im Glauben, William Dampier sei zurückgekehrt, aber die, die auf die Gasse stürzten, machten sich nicht die Mühe, den unwahrscheinlichen Apparat anzuschauen, der sich in diesem Augenblick im Osten verlor und im jährlichen Verhängnis unterging, sondern sie hieben auf den Sohn der Witwe ein und ließen ihn so kreuzlahm auf der Strecke, dass er sich auf der Stelle wutschnaubend schwor, jetzt sollt ihr sehen, wer ich bin, aber er hütete sich, jemanden seinen Entschluss anzuvertrauen, sondern er käute ein Jahr lang seine fixe Idee wieder, jetzt sollt ihr sehen, wer ich bin, während er auf die Wiederkehr des Vorabends der Erscheinungen wartete, damit er das tun könne, was er tat, er stahl sich nämlich ein Boot, überquerte die Bucht und wartete den ganzen Abend auf seine große Stunde im Gassengewirr des Sklavenhafens zwischen dem menschlichen Absud der Kariben, so versunken in sein Abenteuer, dass er weder wie sonst vor den Marktbuden der Hindus stehen blieb und die aus einem ganzen Elefantenzahn geschnitzten Elfenbeinmandarine angaffte, noch sich über die holländischen Neger auf ihren orthopädischen Velozipeden lustigmachte, auch hatte er nicht wie zu anderen Zeiten Angst vor den kupferhäutigen Malaien, die um die Welt gereist waren, angelockt von der Schimäre eines verborgenen Gasthofs, wo es Lenden von Brasilianerinnen vom Holzkohlenfeuer zu essen gab, denn er merkte gar nichts, bis die Nacht mit dem ganzen Gewicht der Sterne ihn überfiel und der Urwald das süße Arom der Gardenien und modrigen Salamander verströmte, und schon ruderte er im gestohlenen Boot bis zur Einfahrt der Bucht, mit gelöschter Lampe, um nicht die Zollbeamten aufmerksam zu machen, alle fünfzehn Sekunden vom grünen Flügelschlag des Leuchtturms verklärt und gleich wieder von der Dunkelheit vermenschlicht, wohl wissend, dass er in die Nähe der Bojen geriet, die die Fahrtrinne des Hafens markierten, nicht nur weil ihr beklemmender Schimmer zunahm, sondern weil der Atem des Wassers trauriger wurde, und er ruderte so selbstversunken, dass er weder wusste, woher so plötzlich das fürchterliche Haigeschnaube drang, noch warum die Nacht so dicht wurde, als seien plötzlich die Sterne gestorben, doch da war der Überseedampfer mit all seinem unfassbaren Umfang, Mutter, größer als irgendetwas Großes auf der Welt und dunkler als irgendetwas Dunkles auf der Erde oder im Wasser, dreihunderttausend Tonnen Haigeruch, und glitt so nahe an seinem Boot vorüber, dass er die Ränder des stählernen Abgrunds sehen konnte, ohne ein einziges Licht in den endlosen Bullaugen, ohne einen Seufzer in den Maschinen, ohne eine Seele, und nahm seine ureigene Welt der Stille mit, seinen eigenen leeren Himmel, seine eigene tote Luft, seine stillstehende Zeit, sein umherirrendes Meer, in dem eine ganze Welt ertrunkener Fische schwamm, und plötzlich verschwand all das mit dem Schein des Leuchtturms, und einen Augenblick lang kehrte die durchscheinende Karibische See wieder, die Märznacht, die alltägliche Luft der Pelikane, sodass der Junge allein blieb zwischen den Bojen, ohne zu wissen was tun, und sich verwundert fragte, ob er nicht einem Wachtraum erlegen sei, nicht nur jetzt, sondern auch bei den anderen Malen, doch kaum hatte er sich das gefragt, als ein geheimnisvoller Hauch die Bojen von der ersten bis zur letzten löschte, sodass, als die Helligkeit des Leuchtturms schwand, der Überseedampfer wieder erschien mit verdrehten Kompässen, vielleicht ohne zu wissen, an welcher Stelle des ozeanischen Meers er sich befand, tastend die unsichtbare Fahrtrinne suchte, aber in Wirklichkeit den Klippen zutrieb, bis der Junge die überwältigende Offenbarung erfuhr, dass das Missgeschick mit den Bojen der letzte Schlüssel der Verzauberung war, und so zündete er die Bootslampe an, ein winziges rotes Lämpchen, das niemanden auf den Wachtürmen zu beunruhigen brauchte, das aber für den Lotsen wie eine orientalische Sonne sein musste, denn dank seiner berichtigte der Überseedampfer seinen Kurs und fuhr mit einem Manöver glücklicher Auferstehung in das große Tor der Fahrtrinne ein, und nun leuchteten all seine Lichter gleichzeitig auf, die Kessel summten von neuem, die Sterne hefteten sich an ihren Himmel, und die Tierleichen sanken in die Tiefe, und da gab es Tellergeklapper und Lorbeertunkenduft in den Küchen, und man hörte die Basstuba der Schiffskapelle auf den Monddecks und das Pochen im Blut der Hochseeverliebten im Halbdunkel der Kabinen, der Sohn der Witwe aber trug noch so viel verspätete Wut mit sich herum, dass er sich nicht von der Erregung betören noch vom Wunder einschüchtern ließ, sondern er sagte sich entschlossener denn je, jetzt sollt ihr sehen, wer ich bin, Feiglinge, jetzt sollt ihr es sehen, und statt beizudrehen, um nicht von der kolossalen Maschine gerammt zu werden, begann er vor ihr her zu rudern, denn jetzt sollt ihr sehen, wer ich bin, und er gab dem Schiff mit seiner Lampe die Richtung an, bis er dessen Gefolgschaft so sicher war, dass er es zwang, den Kurs auf die Kais von neuem zu ändern, und er lenkte es von der unsichtbaren Fahrtrinne fort und führte es am Halfter wie ein Seelamm auf die Lichter des schlafenden Dorfs zu, ein Schiff, lebendig und unverwundbar durch die Speere des Leuchtturms, die es nun nicht mehr unsichtbar machten, sondern alle fünfzehn Sekunden in Aluminium verwandelten, und schon begannen sich die Kreuze der Kirche abzuzeichnen, das Elend der Häuser, die Selbsttäuschung, und noch immer fuhr der Überseedampfer hinter ihm her, folgte ihm mit allem, was er in seinem Rumpf mitführte, seinem auf der Herzseite schlagenden Kapitän, den Kampfstieren im Schnee seiner Speisekammern, den einsamen Kranken in seinem Krankenrevier, dem verwaisten Wasser in seinen Zisternen, dem unerlösten Lotsen, der wohl die Klippen mit den Kaimauern verwechselt hatte, denn in diesem Augenblick brach das unheimliche Sirenengeheul los, zum ersten Mal, und er wurde von dem herabschießenden Dampfstrahl durchnässt, zum zweiten Mal, und das fremde Boot kenterte fast, zum dritten Mal, aber schon war es zu spät, denn da waren die Muscheln des Strandes, die Steine der Straße, die Türen der Ungläubigen, das ganze Dorf, erleuchtet von den Lichtern des entsetzten Überseedampfers, und der Sohn der Witwe fand kaum Zeit, der Flutkatastrophe auszuweichen und inmitten des Aufruhrs zu brüllen, da habt ihr's, ihr Feiglinge, eine Sekunde bevor der gewaltig-stählerne Schiffsrumpf die Erde spaltete und das deutliche Höllengeklirr der neunzigtausendfünfhundert Champagnergläser aufbrandete, die eines nach dem anderen vom Bug zum Heck zerbarsten, und dann ward Licht, und es war nicht mehr das märzliche Morgenrot, sondern ein strahlender Mittwochnachmittag, und mit Vergnügen sah er die Ungläubigen, die den größten Überseedampfer dieser Welt und der anderen Welt betrachteten, gestrandet gegenüber der Kirche, weißer als alles, zwanzig Mal höher als der Kirchturm und etwa siebenundneunzig Mal länger als das Dorf, der Name *Halalcsillag* war mit eisernen Lettern eingegraben, und noch immer rannen über seine Seiten die uralten ermatteten Wasser der Todesmeere.

María dos Prazeres

Der Mann vom Bestattungsinstitut kam so pünktlich, dass María dos Prazeres noch im Bademantel war und den Kopf voller Lockenwickler hatte und ihr kaum Zeit blieb, sich noch eine rote Rose hinters Ohr zu stecken, um nicht so unattraktiv auszusehen, wie sie sich fühlte. Sie bedauerte ihre Verfassung noch mehr, als sie die Tür öffnete und sah, dass da nicht ein düsterer Notar stand, wie sie sich die Händler des Todes vorgestellt hatte, sondern ein schüchterner junger Mann in einer karierten Jacke und einer Krawatte mit bunten Vögeln. Er trug keinen Mantel trotz des ungewissen Frühlings von Barcelona, dessen Nieselregen bei stetem Wind ihn meist weniger erträglich als den Winter machte. María dos Prazeres, die so viele Männer zu jedweder Stunde empfangen hatte, fühlte sich wie selten beschämt. Sie war eben sechsundsiebzig Jahre alt geworden und davon überzeugt, vor Weihnachten zu sterben, und dennoch war sie drauf und dran, die Tür wieder zu schließen und den Verkäufer von Begräbnissen zu bitten, einen Augenblick zu warten, bis sie sich angezogen hätte, um ihn, wie er es verdiente, zu empfangen. Dann dachte sie aber, dass er auf dem dunklen Treppenabsatz frieren könnte, und bat ihn herein.

»Verzeihen Sie diese Fledermausaufmachung«, sagte sie, »aber ich lebe nun über fünfzig Jahre in Katalonien, und es ist das erste Mal, dass jemand zur angekündigten Uhrzeit kommt.«

Sie sprach ein perfektes Katalanisch von einer etwas archaischen Reinheit, dem die Musik ihres vergessenen Portugiesisch dennoch anzuhören war. Trotz ihrer Jahre und der Drahtrollen im Haar war sie immer noch eine wohlgestalte und lebhafte Mulattin, mit hartem Haar und gelben, entzündbaren Augen, und sie hatte schon vor langer Zeit das Mitleid mit den Männern verloren. Der Verkäufer, geblendet von der Helligkeit der Straße, machte keinerlei Bemerkung, sondern putzte sich die Schuhe an der Fußmatte aus Jute ab und küsste ihr mit einer Verneigung die Hand.

»Du bist ein Mann wie die zu meinen Zeiten«, sagte María dos Prazeres mit prasselndem Lachen. »Setz dich hin.«

Obgleich er neu in der Branche war, kannte er sich doch soweit aus, dass er nicht um acht Uhr morgens einen so fröhlichen Empfang erwartete, schon gar nicht von einer erbarmungslosen Alten, die auf den ersten Blick wie eine entlaufene Irre aus Übersee wirkte. So blieb er, während María dos Prazeres die dicken Plüschvorhänge an den Fenstern zurückzog, einen Schritt von der Tür entfernt stehen und wusste nicht, was er sagen sollte. Der matte Aprilschein erhellte kaum den geordneten Wohnraum, der eher der Auslage eines Antiquitätenhändlers glich. Es waren Dinge des täglichen Lebens, keines zu viel und keines zu wenig, und jedes einzelne schien an seinen natürlichen Ort gestellt, mit einem so sicheren Geschmack, dass es nicht leicht gewesen wäre, ein besser ausgestattetes Haus zu finden, und das in einer so alten und unergründlichen Stadt wie Barcelona.

»Verzeihen Sie«, sagte er. »Ich habe mich in der Tür geirrt.«

»Schön wär's«, sagte sie, »aber der Tod irrt sich nicht.«

Der Verkäufer öffnete auf dem Esstisch ein Faltblatt mit vielen Kniffen, einer Seekarte gleich, mit verschiedenfarbigen Parzellen und zahlreichen Kreuzen und Zahlen auf jeder Farbe. María dos Prazeres erkannte, dass es sich um einen vollständigen Plan des riesigen Friedhofs von Montjuich handelte, und sie erinnerte sich mit einem uralten Entsetzen an den Gottesacker von Manaos unter den Wolkenbrüchen im Oktober, wo zwischen namenlosen Hügeln und den florentinisch verglasten Mausoleen von Abenteurern die Tapire herumplanschten. Eines Morgens, sie war noch ein kleines Mädchen, hatte sich der über die Ufer getretene Amazonas in einen stinkenden Sumpf verwandelt, und sie hatte die geborstenen Särge gesehen, die im Patio ihres Hauses trieben, Stofffetzen und Totenhaar in den Ritzen. Diese Erinnerung war der Grund dafür, dass sie den Berg von Montjuich ausgesucht hatte, um in Frieden zu ruhen, und nicht den kleinen Friedhof von San Gervasio, so nah und vertraut er auch war.

»Ich möchte einen Platz, wo niemals Wasser hinkommt«, sagte sie.

»Hier haben Sie ihn«, sagte der Verkäufer und zeigte mit einem ausfahrbaren Zeigestock darauf, den er wie einen stählernen Federhalter in der Tasche trug. »Kein Meer steigt so hoch.«

Sie orientierte sich auf der Farbtafel, bis sie den Haupteingang gefunden hatte, wo die drei identischen namenlosen Gräber lagen, in denen Buenaventura Durruti und zwei weitere im Bürgerkrieg gefallene Anarchistenführer ruhten. Jede Nacht schrieb irgendjemand die Namen auf die leeren Grabsteine. Sie schrieben sie mit Bleistift, mit Farbe, mit Kohle, mit Augenbrauenstift oder Nagellack, mit allen Buchstaben und in der richtigen Reihenfolge, und jeden Morgen wischten die Wächter sie wieder weg, damit niemand erführe, wer unter dem stummen Marmor war. María dos Prazeres hatte an dem Begräbnis von Durruti teilgenommen, das traurigste und turbulenteste, das es in Barcelona je gegeben hatte, und wollte in der Nähe seines Grabes ruhen. Aber es war kein Platz frei in dem weiten übervölkerten Gräberfeld. Also gab sie sich mit dem Möglichen zufrieden. »Unter der Voraussetzung, dass ich nicht in eine dieser Fünfjahresschubladen gesteckt werde, wo man wie bei der Post liegt.« Und dann, da ihr plötzlich die wesentliche Bedingung einfiel, schloss sie:

»Und vor allem will ich liegend begraben werden.«

Tatsächlich ging als Reaktion auf die lautstarke Werbung für den Grabkauf durch Ratenvorauszahlung das Gerücht um, dass man, um Platz zu sparen, vertikale Bestattungen durchführe. Der Verkäufer erklärte mit der Präzision einer auswendig gelernten und oft wiederholten Rede, dass dieses Gerücht eine ruchlose Verleumdung von Seiten der traditionellen Bestattungsinstitute sei, um die Einführung der neuartigen Ratengräber zu diskreditieren. Während er das erklärte, klopfte es dreimal sacht an die Tür, und er machte unsicher eine Pause, aber María dos Prazeres bedeutete ihm fortzufahren.

»Seien Sie unbesorgt«, sagte sie leise. »Das ist der Noi.«

Der Verkäufer nahm den Faden wieder auf, und

María dos Prazeres war mit seiner Erklärung zufrieden. Bevor sie die Tür öffnete, wollte sie jedoch all die Überlegungen abschließend zusammenfassen, die seit jener legendären Flut in Manaos über viele Jahre bis in die intimsten Details in ihrem Herzen herangereift waren.

»Um es deutlich zu sagen«, sagte sie, »ich suche einen Platz, wo ich ohne das Risiko von Überschwemmungen unter der Erde liege und im Sommer wenn möglich im Schatten von Bäumen und wo man mich nicht nach einer gewissen Zeit wieder ausgräbt, um mich dann auf den Müll zu kippen.«

Sie öffnete die Eingangstür, und herein kam ein kleiner Pudel, nass vom Regen und leicht verwahrlost, wie sonst nichts in der Wohnung. Er kam von seinem morgendlichen Spaziergang durch die Nachbarschaft zurück, und beim Hereinkommen überkam ihn ein Anfall von Ausgelassenheit. Er sprang sinnlos bellend auf den Tisch und hätte mit seinen schlammverdreckten Pfoten fast den Friedhofsplan ruiniert. Ein einziger Blick seiner Herrin genügte jedoch, sein Ungestüm zu mäßigen.

»Noi!«, sagte sie, ohne zu schreien. *»Baixa d' Aci!«*

Das Tier duckte sich, schaute sie erschrocken an, und ein paar klare Tränen kullerten seine Schnauze hinab. Dann wandte sich María dos Prazeres wieder dem Verkäufer zu und sah, dass er perplex war.

»Collons!«, rief er aus. »Er hat geweint!«

»Er ist eben aufgeregt, weil er hier jemanden zu dieser Zeit antrifft«, entschuldigte ihn María dos Prazeres leise. »Im Allgemeinen kommt er vorsichtiger als jeder Mann ins Haus. Dich ausgenommen, wie ich bereits gesehen habe.«

»Aber er hat geweint, verdammt noch mal!«, wiederholte der Verkäufer, wurde sich gleich seines Ausrutschers bewusst und entschuldigte sich errötend: »Entschuldigen Sie, aber so etwas sieht man nicht einmal im Kino!«

»Alle Hunde können das, wenn man es ihnen beibringt«, sagte sie. »Stattdessen verbringen ihre Besitzer ihre liebe lange Zeit damit, ihnen Gewohnheiten anzuerziehen, unter denen sie leiden, etwa vom Teller zu essen oder ihren Dreck zur selben Zeit und am selben Ort wie sie selbst zu machen. Natürliche Dinge dagegen, die ihnen Spaß machen, wie lachen oder weinen, bringen sie ihnen nicht bei. Wo waren wir gerade?«

Es fehlte nur noch wenig. María dos Prazeres musste sich auch mit Sommern ohne Bäume abfinden, denn der Schatten der einzigen Bäume, die es auf dem Friedhof gab, war für die Spitzen des Regimes reserviert. Die Bedingungen und Formeln des Vertrags aber waren überflüssig, da sie den Rabatt bei Vorauszahlung in bar ausnützen wollte.

Erst als sie fertig waren und er die Papiere wieder in der Mappe verstaute, betrachtete der Vertreter die Wohnung mit bewusstem Blick und wurde vom magischen Atem ihrer Schönheit berührt. Als sei es das erste Mal, sah er María dos Prazeres noch einmal an.

»Darf ich Ihnen eine indiskrete Frage stellen?«, fragte er.

Sie führte ihn zur Tür.

»Selbstverständlich«, sagte sie, »solange es nicht um das Alter geht.«

»Ich habe die Manie, von den Dingen in einem Haus auf den Beruf der Bewohner zu schließen, und die Wahrheit ist, dass ich es hier nicht schaffe«, sagte er. »Was machen Sie?«

María dos Prazeres lachte laut heraus und antwortete:

»Ich bin Hure, mein Sohn. Oder sieht man mir das schon nicht mehr an?«

Der Vertreter wurde rot.

»Es tut mir Leid.«

»Eher müsste es mir Leid tun«, sagte sie und nahm ihn am Arm, um zu verhindern, dass er gegen die Tür rannte. »Und pass auf! Brech dir nicht das Genick, bevor du mich ordentlich begraben hast.«

Sobald sie die Tür geschlossen hatte, hob sie den kleinen Hund hoch, begann ihn zu kraulen und fiel mit ihrer schönen afrikanischen Stimme in den Chor der Kinder ein, der gerade vom benachbarten Kindergarten her erklang. Drei Monate zuvor hatte sie im Traum die Offenbarung gehabt, dass sie sterben würde, und seitdem fühlte sie sich mehr denn je an dieses Geschöpf ihrer Einsamkeit gebunden. Sie hatte mit solcher Sorgfalt die postume Verteilung ihrer Sachen und das Schicksal ihres Körpers vorausgeplant, dass sie in ebenjenem Augenblick hätte sterben können, ohne irgendjemanden zu belästigen. Sie hatte sich freiwillig mit einem Stück für Stück, aber ohne allzu bittere Opfer angesammelten Vermögen zur Ruhe gesetzt und als letzte Zuflucht das alte und noble Dorf Gràcia gewählt, das bereits von der expandierenden Stadt geschluckt worden war. Sie hatte das heruntergekommene Hochparterre gekauft, das immer nach geräucherten Heringen roch und dessen vom Salpeter angefressene Mauern noch die Einschläge irgendeines ruhmlosen Gefechts aufwiesen. Es gab keinen Portier, und den feuchten und dunklen Treppen fehlten einige Stufen, obgleich alle Stockwerke bewohnt waren. María dos Prazeres ließ das Bad und die Küche renovieren, tapezierte die Wände in fröhlichen Farben, setzte geschliffene Scheiben in die Fenster und hängte Samtvorhänge davor. Zuletzt ließ sie die kunstvollen Möbel, die Gebrauchs- und Schmuckgegenstände und die Truhen mit Seide und Brokat bringen, die einst von den Faschisten aus den in der Eile der Niederlage verlassenen Residenzen der Republikaner gestohlen worden waren. Sie hatte sie über Jahre hinweg nach und nach auf heimlichen Versteigerungen und zu Gelegenheitspreisen erstanden. Die einzige Verbindung, die ihr zur Vergangenheit blieb, war ihre

Freundschaft mit dem Grafen von Cardona, der sie weiterhin an jedem letzten Freitag im Monat zum Essen und zu einer schleppenden Liebe nach Tisch besuchte. Aber selbst jene Jugendfreundschaft wurde diskret gehandhabt, denn der Graf ließ seinen Wagen mit den heraldischen Emblemen in übervorsichtiger Distanz stehen und gelangte, um sowohl ihre wie die eigene Ehre zu schützen, im Schatten gehend zu ihrem Hochparterre. María dos Prazeres kannte niemanden in dem Gebäude, ausgenommen ein ganz junges Paar mit einem neunjährigen Mädchen, das seit kurzem hinter der Tür ihr gegenüber wohnte. Kaum zu glauben, aber wahr, sie war nie jemand anderem auf der Treppe begegnet.

Dennoch bewies ihr die Verteilung ihres Erbes, dass sie, mehr als selbst vermutet, in jener Gemeinschaft rauer Katalanen, deren Nationalstolz sich auf das Schamgefühl gründete, verwurzelt war. Sogar den unbedeutendsten Krimskrams hatte sie unter den Menschen aufgeteilt, die ihrem Herzen am nächsten standen, und das waren jene, die ihrem Haus am nächsten wohnten. Am Ende war sie nicht ganz davon überzeugt, gerecht gewesen zu sein, dafür war sie sich aber sicher, niemanden, der es nicht verdiente, vergessen zu haben. Es war ein so genau vorbereiteter Akt, dass der Notar aus der Calle del Arbol, der sich rühmte, schon alles gesehen zu haben, seinen Augen nicht trauen mochte, als er sie sah, wie sie seinen Schreibern auswendig die minutiöse Liste ihrer Besitztümer mit dem jeweils präzisen altkatalanischen Namen der Dinge diktierte, sowie die vollständige Liste der Erben mit ihren Berufen und Adressen und dem Platz, den sie in ihrem Herzen innehatten.

Seit dem Besuch des Bestattungsverkäufers gehörte auch sie zu den zahlreichen sonntäglichen Besuchern des Friedhofs. Wie ihre Grabnachbarn säte sie in den kleinen Beeten Blumen für alle Jahreszeiten, goss den eben sprießenden Rasen, begradigte ihn mit der Gartenschere, bis er wie ein Teppich im Rathaus aussah, und freundete sich derart mit dem Ort an, dass sie am Ende nicht mehr verstand, warum er ihr anfangs so trostlos vorgekommen war.

Bei ihrem ersten Besuch machte ihr Herz einen Sprung, als sie neben dem Portal die drei namenlosen Gräber sah, aber sie blieb nicht einmal stehen, um sie anzusehen, da wenige Schritte von ihr der ewig wache Schutzmann stand. Am dritten Sonntag aber nützte sie eine Unaufmerksamkeit, um sich einen ihrer größten Wünsche zu erfüllen, und schrieb mit Lippenrot auf den ersten, vom Regen ausgewaschenen Grabstein: *Durruti.* Das wiederholte sie von da an, sooft es ging, manchmal auf einem Grab, auf zweien oder allen dreien, und immer mit fester Hand und einem von der Sehnsucht wachgerüttelten Herzen.

An einem Sonntag Ende September erlebte sie die erste Beerdigung auf dem Hügel. Drei Wochen später, an einem Nachmittag eisiger Winde, wurde eine frisch verheiratete junge Frau im Nachbargrab bestattet. Am Ende des Jahres waren sieben Parzellen belegt, aber der flüchtige Winter ging vorüber, ohne María dos Prazeres zuzusetzen. Sie fühlte keinerlei Beschwerden, und während die Hitze zunahm und der tosende Lärm des Lebens durch die offenen Fenster hereinkam, fühlte sie sich zunehmend dazu aufgelegt, die Rätsel ihrer Träume zu überleben. Dem Grafen von Cardona, der die Monate größter Hitze in den Bergen verbrachte, erschien sie bei seiner Rückkehr noch attraktiver als in ihrer erstaunlichen Jugend als Fünfzigjährige.

Nach mehreren gescheiterten Versuchen erreichte María dos Prazeres, dass Noi ihr Grab auf dem ausgedehnten Hügel gleicher Gräber von den anderen unterscheiden konnte. Dann bemühte sie sich, ihm beizubringen, vor dem Grab zu weinen, damit er es auch nach ihrem Tod aus Gewohnheit weitertäte. Sie ging mehrmals mit ihm zu Fuß von ihrem Haus bis zum Friedhof, zeigte ihm Orientierungspunkte, damit er sich die Route des Ramblas-Busses einprägte, bis sie ihn für geübt genug hielt, um ihn allein loszuschicken.

Am Sonntag der letzten Probe nahm sie ihm um drei Uhr nachmittags das Frühlingscape ab, teils weil der Sommer nahte, teils damit er weniger auffiel, und ließ ihn frei laufen. Sie sah, wie er sich auf dem schattigen Gehsteig entfernte, in einem leichten Trott, das schmale und traurige Hinterteil unter dem aufgeregten Schwanz, und konnte kaum das Bedürfnis zu weinen unterdrücken, um sich und um ihn, um so viele und so bittere Jahre gemeinsamer Illusionen, bis sie ihn an der Ecke zur Calle Mayor Richtung Meer abbiegen sah. Fünfzehn Minuten später stieg sie auf der nahen Plaza Lesseps in den Ramblas-Bus und versuchte Noi vom Fenster aus zu sehen, ohne gesehen zu werden, und sah ihn tatsächlich, fern und ernsthaft zwischen den Scharen sonntäglicher Kinder, wie er auf das Umspringen der Fußgängerampel am Paseo de Gràcia wartete.

»Mein Gott«, seufzte sie. »Wie allein er wirkt.«

Sie musste fast zwei Stunden unter der brutalen Sonne von Montjuich auf ihn warten. Sie grüßte mehrere Trauernde von anderen, weniger erinnerungswürdigen Sonntagen, obwohl sie diese Menschen schon kaum mehr erkannte, da seit der ersten Begegnung so viel Zeit vergangen war, dass sie keine Trauerkleidung mehr trugen, auch nicht weinten und die Blumen auf die Gräber legten, ohne an ihre Toten zu denken. Wenig später, als alle gegangen waren, hörte sie ein dumpfes Tuten, das die Möwen aufscheuchte, und sah auf dem unermesslichen Meer einen weißen Überseedampfer mit der brasilianischen Flagge, und sie wünschte von ganzer Seele, dass er ihr einen Brief brächte, von einem, der für sie im Gefängnis von Pernambuco gestorben war. Kurz nach fünf, zwölf Minuten vor der Zeit, tauchte Noi auf dem Hügel auf, sabbernd vor Erschöpfung und Hitze, aber mit dem Gehabe eines auftrumpfenden Kindes. In diesem Augenblick überwand María dos Prazeres die schreckliche Angst, niemanden zu haben, der an ihrem Grab weinen würde.

Im folgenden Herbst dann begann sie unheilvolle Zeichen wahrzunehmen. Sie vermochte sie zwar nicht zu entschlüsseln, aber das Herz wurde ihr noch schwerer. Sie trank wieder unter den goldenen Akazien der Plaza del Reloj ihren Kaffee, trug dabei den Fuchsschwanzkragen und den mit künstlichen Blumen geschmückten Hut, der, da so altertümlich, wieder in Mode gekommen war. Sie wurde immer hellhöriger. Sie versuchte, sich die eigene Unruhe zu erklären, grübelte dabei über den Klatsch der Vogelverkäuferinnen auf den Ramblas, das Flüstern der Männer an den Bücherständen, die zum ersten Mal seit vielen Jahren nicht über Fußball sprachen, das tiefe Schweigen der Kriegsversehrten, die den Tauben Brotkrümel zuwarfen, und allenthalben fand sie untrügliche Zeichen des Todes. Zu Weihnachten wurden die bunten Lichtchen zwischen den Akazien entzündet, Musik und Jubel drang von den Balkonen, und Scharen von Touristen, denen unser Schicksal fremd war, fielen in die Cafés im Freien ein, doch selbst inmitten des festlichen Trubels war die gleiche unterdrückte Spannung zu spüren, die den Zeiten vorausging, da die Anarchisten die Straßen erobert hatten. María dos Prazeres, die jene Zeit großer Leidenschaften gelebt hatte, gelang es nicht, ihre Unruhe zu beherrschen und zum ersten Mal überfiel sie mitten im Schlaf die Angst und weckte sie auf. Eines Nachts schossen Agenten der Staatssicherheit vor ihrem Fenster einen Studenten nieder, der mit dickem Pinsel auf die Mauer geschrieben hatte: *Visca Catalunya lliure.*

»Du lieber Gott«, sagte sie sich verwundert, »es ist, als ob mit mir alles stürbe!«

Nur als Kind hatte sie in Manaos eine ähnliche angstvolle Unruhe gekannt, eine Minute vor Tagesanbruch, wenn die zahlreichen Geräusche der Nacht plötzlich ausblieben, das Wasser stillstand, die Zeit zögerte, und der amazonische Urwald in ein abgrundtiefes Schweigen tauchte, das nur dem des Todes gleichen konnte. Inmitten dieser unerträglichen Spannung kam wie immer am letzten Freitag des Monats der Graf von Cardona zum Essen zu ihr.

Der Besuch hatte sich in ein Ritual verwandelt. Der Graf kam pünktlich zwischen sieben und neun Uhr abends mit einer Flasche einheimischen Champagners, die, damit sie nicht so auffiel, in die Abendzeitung eingewickelt war, und einer Schachtel Trüffelpralinen. María dos Prazeres bereitete für ihn gratinierte Canneloni und ein zartes Hühnchen im eigenen Saft zu, Leibspeisen der vornehmen Katalanen aus seiner guten alten Zeit, dazu eine Schüssel mit gemischten Früchten der Saison. Während sie in der Küche hantierte, hörte der Graf auf dem

Grammophon Ausschnitte italienischer Opern in historischen Aufnahmen und trank mit langsamen Schlückchen ein Gläschen Portwein, mit dem er bis zum Ende der Platten auskam.

Nach dem langen und angenehm verplauderten Abendessen gaben sie sich einer auswendig gelernten Liebe hin, die in beiden Spuren des Scheiterns hinterließ. Bevor er ging, immer getrieben von der heranrückenden Mitternacht, legte der Graf fünfundzwanzig Pesetas unter den Aschenbecher im Schlafzimmer. Das war der Preis von María dos Prazeres, als er sie in einem Stundenhotel des Paralelo kennen gelernt hatte, und das Einzige, was nicht vom Rost der Zeit angegriffen worden war.

Keiner der beiden hatte sich je gefragt, worauf diese Freundschaft sich gründete. María dos Prazeres war ihm wegen ein paar einfacher Gefälligkeiten verpflichtet. Er gab ihr gute Ratschläge bei der Anlage ihrer Ersparnisse, hatte ihr beigebracht, den wahren Wert ihrer Reliquien einzuschätzen, und wie man sich verhalten musste, damit nicht herauskam, dass es sich um Diebesgut handelte. Vor allem aber war er es gewesen, der ihr den Weg zu einem anständigen Alter im Viertel Gràcia gewiesen hatte, als man ihr in ihrem lebenslangen Bordell erklärte, sie sei zu abgenützt für den modernen Geschmack, und sie in ein Haus für heimliche Ruheständlerinnen abschieben wollte, wo den Jungs für fünf Pesetas die Liebe beigebracht wurde. Sie hatte dem Grafen erzählt, dass sie als Vierzehnjährige von ihrer Mutter am Hafen von Manaos verkauft worden war, dass der Erste Offizier eines türkischen Schiffes sie während der Atlantiküberfahrt ohne Erbarmen genossen und sie dann ohne Geld, ohne Sprache und ohne Namen im Lichtersumpf des Paralelo ausgesetzt hatte. Beide waren sich bewusst, so wenig gemeinsam zu haben, dass sie sich nie einsamer fühlten, als wenn sie zusammen waren, aber keiner von beiden hatte gewagt, den Zauber der Gewohnheit zu verletzen. Sie brauchten eine nationale Erschütterung, um beide gleichzeitig zu merken, wie sehr und mit wie viel Zärtlichkeit sie sich so viele Jahre lang gehasst hatten.

Es war eine schnelle Reaktion. Der Graf von Cardona hörte gerade das Liebesduett aus La Boheme, gesungen von Licia Albanese und Beniamino Gigli, als ihn ein zufälliger Schwall von Rundfunknachrichten, die María dos Prazeres in der Küche hörte, erreichte. Er kam auf Zehenspitzen näher und hörte mit. General Francisco Franco, ewiger Diktator Spaniens, hatte persönlich die Verantwortung auf sich genommen, über das Schicksal von drei baskischen Separatisten zu entscheiden, die soeben zum Tode verurteilt worden waren. Der Graf stieß einen Seufzer der Erleichterung aus.

»Dann werden sie unweigerlich erschossen«, sagte er, »denn der Caudillo ist ein gerechter Mann.«

María dos Prazeres richtete die glühenden Augen

einer Königskobra auf ihn und sah seine leidenschaftslosen Pupillen hinter der goldenen Brille, die Raubtierzähne, die Klauen einer Kreatur, die an Moder und Dunkelheit gewöhnt ist. So, wie er war.

»Dann flehe zu Gott, dass das nicht geschieht«, sagte sie, »denn wenn auch nur ein Einziger erschossen wird, tue ich dir Gift in die Suppe.«

Der Graf erschrak.

»Und warum das?«

»Weil ich auch eine gerechte Hure bin.«

Der Graf von Cardona kam niemals wieder, und María dos Prazeres hatte nun die Gewissheit, dass sich der letzte Kreis ihres Lebens geschlossen hatte. Bis vor kurzem hatte es sie in der Tat empört, wenn man ihr im Bus einen Sitzplatz anbot, wenn man ihr half, die Straße zu überqueren, sie beim Treppensteigen am Arm nahm, aber schließlich hatte sie das alles nicht nur zugelassen, sondern es sich sogar wie eine hassenswerte Notwendigkeit gewünscht. Dann ließ sie einen Anarchistengrabstein anfertigen, ohne Namen oder Daten, und schlief nun ohne vorgeschobenen Türriegel, damit Noi mit der Nachricht heraus konnte, falls sie im Schlaf sterben sollte.

Eines Sonntags, als sie vom Friedhof zurückkommend ihr Haus betrat, traf sie auf dem Treppenabsatz das kleine Mädchen, das gegenüber von ihr wohnte. Sie begleitete das Kind mehrere Straßen, redete im unschuldsvollen Ton einer Großmutter mit ihr über alles und jedes, während sie zusah, wie das Mädchen und Noi wie zwei alte Freunde tobten. An der Plaza del Diamante lud sie es, wie vorgesehen, zu einem Eis ein.

»Magst du Hunde?«, fragte sie.

»Schrecklich gern«, sagte das Mädchen.

Da machte ihr María dos Prazeres den Vorschlag, den sie seit langem vorbereitet hatte.

»Falls mir einmal etwas zustoßen sollte, nimm Noi zu dir«, sagte sie. »Die einzige Bedingung ist, dass du ihn sonntags frei laufen lässt, ohne dich weiter um ihn zu kümmern. Er weiß schon, was er tut.«

Das Mädchen war glücklich. María dos Prazeres kam ihrerseits voller Jubel in ihre Wohnung, hatte sie doch einen Traum verwirklicht, der seit Jahren in ihrem Herzen gereift war. Doch dieser Traum erfüllte sich nicht, und zwar nicht wegen der Müdigkeit des Alters noch wegen der Saumseligkeit des Todes. Es war nicht einmal ihre eigene Entscheidung. Das Leben traf sie an einem eisigen Novembernachmittag. Ein plötzliches Gewitter brach herein, als sie gerade den Friedhof verließ. Sie hatte die Namen auf die drei Grabsteine geschrieben und ging zu Fuß zur Bushaltestelle hinunter, als sie von den ersten Regenböen völlig durchnässt wurde. Sie hatte kaum Zeit, sich in die Toreinfahrt eines verlassenen Viertels zu retten, das wie zu einer anderen Stadt gehörig wirkte, mit zerfallenen Lagerhallen und staubigen Fabriken und riesigen Lastzügen, die das Grollen des Gewitters noch fürchterlicher machten. Während sie das patschnasse Hündchen an ihrem Körper zu wärmen suchte, sah María dos Prazeres die überfüllten Busse vorbeifahren, die leeren Taxis mit ausgeschaltetem Zeichen, aber niemand achtete auf ihr Winken einer Schiffbrüchigen. Auf einmal, als sogar schon ein Wunder unmöglich schien, fuhr ein prächtiger Wagen in der Farbe eines stählernen Sonnenuntergangs fast geräuschlos durch die überflutete Straße, hielt plötzlich an der Ecke und setzte bis dahin zurück, wo sie stand. Die Fenster senkten sich durch einen magischen Wink, und der Fahrer bot sich an, María dos Prazeres mitzunehmen.

»Ich habe einen sehr weiten Weg«, sagte sie ehrlich. »Aber Sie würden mir einen großen Gefallen tun, wenn Sie mich ein Stückchen näher heranführen.«

»Sagen Sie mir, wohin Sie möchten«, beharrte er.

»Nach Gràcia«, sagte sie.

Die Tür öffnete sich ohne Berührung.

»Das ist meine Richtung«, sagte er. »Steigen Sie ein.«

Im Inneren, das nach gekühlter Medizin roch, verwandelte sich der Regen in ein unwirkliches Missgeschick, die Stadt wechselte die Farbe, und María fühlte sich in einer fremden und glücklichen Welt, in der alles im Vorhinein geregelt war. Mit einer

Leichtigkeit, die etwas Magisches hatte, bahnte sich der Fahrer seinen Weg durch das Verkehrsgewirr. María dos Prazeres war eingeschüchtert, weil nicht nur sie selbst, sondern auch der kleine Hund, der auf ihrem Schoß schlief, so erbärmlich wirkte.

»Das hier ist ein Überseedampfer«, sagte sie, weil sie spürte, dass sie etwas Würdevolles sagen musste. »Ich habe noch nie etwas Ähnliches gesehen, nicht einmal im Traum.«

»Er hat eigentlich nur einen Fehler, und zwar den, dass er nicht mir gehört«, sagte er in einem schwerfälligen Katalanisch und fügte nach einer Pause auf Spanisch hinzu: »Der Lohn meines ganzen Lebens würde nicht ausreichen, ihn zu kaufen.«

»Das kann ich mir vorstellen«, seufzte sie.

Sie schaute ihn von der Seite an, grün erleuchtet vom Widerschein des Armaturenbretts, und sah, dass er noch fast ein Jüngling war, mit gelocktem, kurzem Haar und einem römischen Bronzeprofil. Sie dachte, dass er nicht schön sei, aber einen andersartigen Zauber habe und ihm die abgetragene Jacke aus billigem Leder sehr gut stehe, dass seine Mutter glücklich sein müsse, wenn sie ihn nach Hause kommen hörte. Nur seine Bauernhände verrieten, dass er wirklich nicht der Besitzer des Wagens war. Sie redeten auf der ganzen Strecke nicht mehr, aber auch María dos Prazeres fühlte sich mehrmals von der Seite her betrachtet, und es schmerzte sie einmal mehr, in ihrem Alter noch am Leben zu sein. Sie fühlte sich hässlich und bemitleidet, mit dem Küchentuch, das sie sich, als es zu regnen begann, irgendwie um den Kopf geschlungen hatte, und dem erbärmlichen Herbstmantel, den zu ersetzen ihr nicht eingefallen war, weil sie an den Tod gedacht hatte.

Als sie im Viertel von Gràcia ankamen, klarte es auf, es war Nacht, und die Straßenlaternen brannten. María dos Prazeres sagte zu ihrem Fahrer, er solle sie an einer Ecke in der Nähe absetzen, aber er bestand darauf, sie bis zur Haustür zu bringen, und tat nicht nur das, sondern parkte auf dem Gehsteig, damit sie, ohne nass zu werden, aussteigen konnte. Sie ließ das Hündchen los, versuchte mit so viel Würde, wie ihr Körper erlaubte, herauszuklettern und sah, als sie sich umwandte, um sich zu bedanken, einen Männerblick, der ihr den Atem verschlug. Sie hielt ihm einen Augenblick stand, ohne recht zu wissen, wer was erwartete und von wem, und dann fragte er mit entschlossener Stimme:

»Soll ich hochkommen?«

María dos Prazeres fühlte sich gedemütigt.

»Ich danke Ihnen sehr für die Gefälligkeit, mich herzufahren«, sagte sie, »aber ich gestatte Ihnen nicht, mich zu verhöhnen.«

»Ich habe keinen Grund, irgendjemanden zu verhöhnen«, sagte er mit ernster Entschiedenheit auf Spanisch. »Und erst recht nicht eine Frau wie Sie.«

María dos Prazeres hatte viele Männer wie ihn

kennen gelernt, hatte viel verwegenere als ihn vor dem Selbstmord bewahrt, aber noch nie in ihrem langen Leben hatte sie so viel Angst davor gehabt, sich zu entscheiden. Sie hörte ihn noch einmal fragen, und nichts in seiner Stimme deutete auf einen Sinneswandel: »Soll ich hochkommen?«

Sie entfernte sich, ohne die Türe zu schließen, und antwortete auf Spanisch, um sicherzugehen, verstanden zu werden. »Machen Sie, was Sie wollen.«

Sie ging in den vom schräg hereinfallenden Schein der Straße kaum beleuchteten Hausflur und stieg mit zittrigen Knien den ersten Abschnitt der Treppe hoch, erstickt von einer Angst, die sie nur im Augenblick des Todes für möglich gehalten hätte. Als sie vor der Tür im Hochparterre stehen blieb, bebend vor Aufregung, die Schlüssel in der Tasche zu finden, hörte sie, wie zweimal nacheinander die Tür bei dem Wagen auf der Straße schlug. Noi, der sie überholt hatte, versuchte zu bellen. »Sei still«, befahl sie ihm mit einem Flüstern der Agonie. Sogleich hörte sie die ersten Schritte auf den losen Stufen der Treppe und fürchtete, ihr Herz werde zerspringen. Im Bruchteil einer Sekunde durchforschte sie noch einmal den ganzen hellseherischen Traum, der ihr Leben drei Jahre lang verändert hatte, und begriff den Fehler in ihrer Deutung.

»Du lieber Gott«, sagte sie sich staunend. »Es war also nicht der Tod!«

Sie fand endlich das Schlüsselloch, hörte in der

Dunkelheit die gezählten Schritte, hörte den anschwellenden Atem von jemandem, der sich so verängstigt wie sie in der Dunkelheit näherte, und begriff, dass es die Mühe gelohnt hatte, so viele, viele Jahre zu warten und so viel in der Dunkelheit gelitten zu haben, und wäre es nur gewesen, um diesen Augenblick zu erleben.

Der glückliche Sommer der Frau Forbes

Als wir am Nachmittag nach Hause zurückkehrten, fanden wir uns einer riesigen, mit dem Hals an den Türrahmen genagelten Seeschlange gegenüber, und sie war schwarz und phosphoreszierend und sah mit ihren immer noch lebendigen Augen und den Sägezähnen in den klaffenden Kiefern wie Hexenwerk von Zigeunern aus. Ich war damals knapp neun Jahre alt und empfand angesichts jener Fieberwahnerscheinung einen so heftigen Schrecken, dass mir die Stimme versagte. Mein Bruder aber, der zwei Jahre jünger war als ich, ließ die Pressluftflaschen, die Tauchermasken und die Schwimmflossen fallen und lief mit einem Schrei des Entsetzens davon. Von der gewundenen Steintreppe aus, die vom Anlegesteg über die Klippen zum Haus hinaufkletterte, hörte ihn Frau Forbes und kam keuchend und bleich zu uns herauf, doch schon ein Blick auf das an der Tür gekreuzigte Tier genügte ihr, den Grund unseres Schreckens zu verstehen. Wenn zwei Kinder zusammen sind, so pflegte sie zu sagen, seien beide verantwortlich für das, was jedes für sich tue, sodass sie uns nun beide erst für das Schreien meines Bruders ausschimpfte und dann auch noch für unseren Mangel an Selbstbeherrschung. Sie sprach deutsch und nicht englisch, wie es ihr Hauslehrerinnenvertrag eigentlich vorschrieb, vielleicht, weil sie selber erschrocken war und es nicht zugeben mochte. Doch kaum war sie wieder zu Atem gekommen, da fand sie zu ihrem steinigen Englisch und ihrer pädagogischen Besessenheit zurück.

»Das ist eine *Muraena helena*«, sagte sie zu uns, »und sie heißt so, weil sie für die alten Griechen ein heiliges Tier war.«

Kurz darauf kam Oreste hinter den Kapernsträuchern hervor, der junge Mann aus dem Ort, der uns das Gerätetauchen beibrachte. Er hatte die Maske in die Stirn geschoben und trug eine winzige Badehose sowie einen Ledergürtel mit sechs Messern verschiedener Form und Größe, da er sich die Unterwasserjagd nicht anders vorstellen konnte denn als körperliches Handgemenge mit den Tieren. Er war etwa zwanzig Jahre alt, verbrachte mehr Zeit in den Tiefen des Meeres als auf festem Land und ähnelte mit seinem ständig mit Motorenfett eingeschmierten Körper selber einem Meerestier. Als ich ihn das erste Mal sah, hatte Frau Forbes zu meinen Eltern gesagt, man könne sich keinen schöneren Menschen vorstellen als ihn. Dennoch schützte ihn seine Schönheit nicht vor der Strenge: Auch er musste, auf Italienisch, eine Rüge über sich ergehen lassen, weil er, wenn auch nur um den Kindern einen Schreck einzujagen, die Muräne an die Tür genagelt hatte. Dann befahl ihm Frau Forbes, diese mit dem einem mythischen Wesen schuldigen Respekt wieder abzunehmen, und uns wies sie an, uns fürs Abendessen umzuziehen.

Wir taten es auf der Stelle und bemühten uns, keinen einzigen Fehler zu machen, denn nach zwei Wochen unter Frau Forbes' Regime hatten wir gelernt, dass es nichts Schwierigeres gab als das Leben. Während wir uns im Halbdunkel des Badezimmers duschten, merkte ich, dass mein Bruder immer noch an die Muräne dachte. »Sie hatte Augen wie ein Mensch«, sagte er. Ich fand das auch, aber überzeugte ihn vom Gegenteil, und ehe ich noch fertig geduscht hatte, gelang es mir, das Thema zu wechseln. Doch als ich unter der Dusche hervorkam, bat er mich, bei ihm zu bleiben und ihn zu begleiten.

»Es ist doch noch hell«, sagte ich.

Ich öffnete die Vorhänge. Es war Mitte August, und durch das Fenster sah man die glühende ebene

Mondlandschaft bis hinüber zur anderen Seite der Insel und die am Himmel stehende Sonne.

»Das ist es nicht«, sagte mein Bruder. »Ich habe Angst, dass ich Angst habe.«

Als wir zu Tisch kamen, schien er sich jedoch beruhigt zu haben, und er hatte alles mit so viel Sorgfalt gemacht, dass er von Frau Forbes ein Sonderlob bekam und dazu zwei Punkte auf seinem wöchentlichen Betragenskonto. Mir dagegen zog sie zwei von den fünf bereits verdienten wieder ab, weil ich mich im letzten Augenblick zur Eile hatte hinreißen lassen und das Speisezimmer mit beschleunigtem Atem betreten hatte. Jeweils fünfzig Punkte berechtigten uns zu einer doppelten Portion Nachtisch, doch über fünfzehn war noch keiner von uns hinausgelangt. Das war wirklich schade, denn nie wieder haben wir einen köstlicheren Pudding bekommen als den von Frau Forbes.

Ehe wir mit dem Essen begannen, beteten wir im Stehen vor den leeren Tellern. Frau Forbes war nicht katholisch, doch ihr Vertrag bestimmte, dass sie uns sechsmal am Tag beten ließe, und sie hatte unsere Gebete erlernt, um ihn zu erfüllen. Dann setzten wir drei uns, und mein Bruder und ich hielten den Atem an, während sie unser Verhalten bis ins kleinste Detail prüfte; erst als ihr alles einwandfrei schien, läutete sie die Tischglocke. Daraufhin kam Fulvia Flaminea, die Köchin, mit der ewigen Nudelsuppe jenes abscheulichen Sommers herein.

Zu Anfang, als wir mit unseren Eltern noch allein waren, war das Essen ein Fest gewesen. Fulvia Flaminea bediente uns unter lautem Schwatzen reihum mit einem Hang zur Unordnung, der das Herz erfreute, setzte sich dann schließlich zu uns und aß ein wenig von allen Tellern. Doch seit Frau Forbes sich unseres Schicksals angenommen hatte, bediente Fulvia Flaminea uns mit einem so finsteren Schweigen, dass wir die Suppe im Topf kochen hören konnten. Beim Essen drückten wir die Wirbelsäule an die Rückenlehne des Stuhls, kauten zehnmal rechts und zehnmal links, ohne den Blick von der eisernen und herbstlich matten Frau zu wenden, die auswendig eine Benimmregel rezitierte. Es war wie die Sonntagsmesse, nur ohne den Trost singender Menschen.

An dem Tag, als wir die Muräne an die Tür geheftet fanden, sprach Frau Forbes von den Pflichten, die man dem Vaterland schuldet. Fulvia Flaminea, fast schwebend in der von der Stimme verdünnten Luft, servierte uns nach der Suppe ein über Holzkohle gebratenes schneeweißes Fleisch, das köstlich duftete. Mir, der ich Fisch seit langem allen anderen Speisen auf Erden und im Himmel vorzog, ließ diese Erinnerung an unser Haus in Guacamayal das Herz höher schlagen. Mein Bruder jedoch schob den Teller weg, ohne davon zu kosten.

»Ich mag nicht«, sagte er.

Frau Forbes unterbrach die Lektion.

»Das kannst du doch gar nicht wissen«, unterbrach sie, »du hast ja nicht einmal probiert.«

Sie warf der Köchin einen warnenden Blick zu, doch es war bereits zu spät.

»Die Muräne ist der feinste Fisch der Welt, *figlio mio*«, sagte Fulvia Flaminea. »Probier mal, dann wirst du sehen.«

Frau Forbes blieb ruhig. In ihrer unbarmherzigen Art trug sie uns vor, dass die Muräne im Altertum eine Speise für Könige gewesen sei und die Krieger um ihre Galle gekämpft hätten, weil diese überirdischen Mut verlieh. Dann wiederholte Frau Forbes, wie schon so oft in kurzer Zeit, dass der Sinn für das, was gut schmeckt, keine angeborene Fähigkeit sei, aber auch nicht in einem bestimmten Alter erlernt, sondern einem von klein auf anerzogen werde. Sodass es also keinen Grund gebe, den Fisch nicht zu essen. Bei mir, der ich von der Muräne gekostet hatte, ehe ich wusste, worum es sich handelte, blieb für alle Zeit ein Widerspruch zurück: Sie schmeckte exquisit, obschon ein wenig melancholisch, doch das Bild der an den Türsturz gekreuzigten Schlange war bedrängender als mein Appetit. Mein Bruder gab sich mit dem ersten Bissen die größte Mühe, doch vergebens: Er erbrach sich.

»Geh ins Badezimmer«, sagte Frau Forbes weiterhin ganz ruhig, »wasch dich gründlich und komm zum Essen zurück.«

Ich empfand große Angst um ihn, denn ich wusste, wie schwer es ihm fiel, in der hereinbrechenden Dämmerung durchs ganze Haus zu gehen und all die Zeit, die man brauchte, um sich zu waschen, allein im Bad zu bleiben. Doch er kam sehr bald mit einem anderen, sauberen Hemd zurück, bleich und kaum merklich von einem verborgenen Zittern geschüttelt, und überstand die gestrenge Sauberkeitskontrolle sehr gut. Darauf schnitt Frau Forbes ein Stück Muräne ab und befahl ihm weiterzuessen. Ich schob mir mit großer Mühe einen zweiten Bissen in den Mund. Mein Bruder dagegen nahm noch nicht einmal das Besteck in die Hand.

»Ich esse das nicht«, sagte er.

Seine Entschlossenheit war so offensichtlich, dass Frau Forbes nachgab.

»Gut«, sagte sie, »aber dann kriegst du auch keinen Nachtisch.«

Die Erleichterung meines Bruders flößte mir seinen Mut ein. Ich legte das Besteck überkreuz auf den Teller, so wie es sich Frau Forbes zufolge am Ende der Mahlzeit gehörte, und sagte:

»Ich esse auch keinen Nachtisch.«

»Dann seht ihr auch nicht fern«, antwortete sie.

»Wir sehen auch nicht fern«, sagte ich.

Frau Forbes legte die Serviette auf den Tisch, und wir drei standen zum Beten auf. Dann schickte sie uns ins Schlafzimmer mit der Anweisung, dass wir in der Zeit, die sie zur Beendigung ihrer Mahlzeit benötigte, einzuschlafen hätten. Alle unsere Bravheitspunkte wurden gestrichen, und erst, wenn wir wieder zwanzig beisammen hätten, sollten wir aufs Neue in den Genuss ihrer Cremekuchen, ihrer Vanilleschnitten, ihrer hervorragenden Pflaumentorten kommen, wie sie uns für den Rest des Lebens nie wieder vorgesetzt wurden.

Früher oder später musste es zu diesem Bruch kommen. Ein ganzes Jahr lang hatten wir sehnsüchtig auf jenen freien Sommer auf der Insel Pantelaria vor der äußersten Südspitze Siziliens gewartet, und während des ersten Monats, als unsere Eltern noch bei uns waren, war er das tatsächlich auch gewesen. Wie ein Traum ist mir noch immer die sonnige Ebene mit den vulkanischen Felsen in Erinnerung, das ewige Meer, das einschließlich der Steinumfriedung weißgekalkte Haus, durch dessen Fenster in windstillen Nächten die strahlenden Drehlaternen der Leuchttürme Afrikas zu sehen waren. Als ich mit meinem Vater die ruhigen Meeresgründe um die Insel auskundschaftete, hatten wir eine Reihe gelber Torpedos entdeckt, die dort seit dem letzten Krieg lagen, hatten eine fast einen Meter hohe griechische Amphore mit versteinerten Girlanden geborgen, auf deren Grund die Überreste eines unvordenklichen und giftigen Weines ruhten, hatten in einem dampfenden Meeresbecken gebadet, dessen Wasser eine solche Dichte hatte, dass man fast darauf laufen konnte. Doch die größte Offenbarung für uns war Fulvia Flaminea gewesen. Sie schien wie ein glücklicher Bischof und wurde auf ihren Gängen ständig von einer Runde schläfriger Katzen begleitet, die sie beim Gehen behinderten, aber sie sagte, dass sie sie nicht aus Liebe duldete, sondern damit sie keine Ratten fräßen. Abends, wenn unsere Eltern im Fernsehen Erwachsenenprogramme ansahen, nahm uns Fulvia Flaminea mit in ihr weniger als hundert Meter von dem unseren entferntes Haus und brachte uns bei, das arabische Geschnatter, die Gesänge, den Schwall von Wehklagen in den Winden aus Tunesien zu unterscheiden. Sie war mit einem für sie zu jungen Mann verheiratet, der den Sommer über in den Touristenhotels am anderen Ende der Insel arbeitete und nur zum Schlafen nach Hause kam. Oreste wohnte ein wenig weiter entfernt bei seinen Eltern und erschien jeden Abend mit Schnüren von Fischen und Körben voller frisch gefangener Langusten, die er in die Küche hängte, damit Fulvia Flamineas Mann sie anderntags in den Hotels verkaufte. Dann setzte er sich aufs Neue die Taucherlampe auf die Stirn und nahm uns mit auf die Jagd nach Bergratten, die so groß waren wie Kaninchen und auf Küchenabfälle lauerten. Zuweilen kehrten wir erst nach Hause zurück, wenn unsere Eltern schon zu Bett gegangen waren, und konnten kaum schlafen, so lautstark stritten sich die Ratten in den Innenhöfen um den Müll. Doch selbst noch diese Störung war ein magischer Bestandteil unseres glücklichen Sommers.

Der Entschluss, eine deutsche Hauslehrerin einzustellen, konnte nur von meinem Vater kommen, der ein Schriftsteller aus der Karibik mit mehr Flausen als Talent war. Geblendet von der Asche europäischer Ruhmestaten, schien er sowohl in seinen Büchern als auch im wirklichen Leben immer übereifrig um Vergebung für seine Herkunft zu heischen und hatte den phantastischen Vorsatz gefasst, dass bei seinen Söhnen nicht die geringste Spur seiner eigenen Vergangenheit zurückbleiben sollte. Meine Mutter war noch immer die bescheidene Frau, die sie als herumziehende Lehrerin im Hochland von Guajira gewesen war, und nie wäre es ihr in den Sinn gekommen, dass nicht alle Ideen ihres Mannes ein Geschenk der Vorsehung waren. So kam es, dass keiner von beiden sich im Herzen fragen musste, wie unser Leben mit einem Feldwebel aus Dortmund verlaufen würde, der uns mit Gewalt die abgestandensten Sitten einzutrichtern versuchte, während sie selber mit vierzig Modeschriftstellern an einer fünfwöchigen Kulturkreuzfahrt zu den Inseln der Ägäis teilnahmen.

Frau Forbes traf am letzten Julisamstag auf dem kleinen Linienschiff aus Palermo ein, und auf den ersten Blick war uns klar, dass das Fest zu Ende war. Bei ihrer Ankunft trug sie trotz der südlichen Hitze Militärstiefel und ein Kostüm mit übereinander geschlagenem Revers; das Haar unter dem Filzhut war wie bei einem Mann geschnitten. Sie roch nach Affenharn. »So riechen alle Europäer, besonders im Sommer«, sagte mein Vater. »Es ist der Geruch der Kultur.« Trotz ihrer kriegerischen Tracht war Frau Forbes jedoch ein abgemagertes Geschöpf, das vielleicht ein gewisses Mitleid bei uns ausgelöst hätte, wären wir älter gewesen oder hätte sie irgendeine Spur von Zärtlichkeit an sich gehabt. Die Welt wurde anders. Die sechs Stunden auf dem Meer, seit Beginn des Sommers eine ständige Übung der Phantasie, verwandelten sich in eine einzige gleich bleibende und oft wiederholte Stunde. Solange wir mit unseren Eltern zusammen gewesen waren, konnten wir mit Oreste schwimmen gehen, solange wir wollten, voller Staunen über die Kunstfertigkeit und Kühnheit, mit der er sich ohne andere Waffen als seine Kampfmesser den Kraken in ihrem eigenen trüben Umkreis aus Tinte und Blut stellte. Danach kam er zwar weiterhin um elf in dem kleinen Boot mit dem Außenbordmotor, doch Frau Forbes gestattete ihm nicht, auch nur eine Minute länger bei uns zu bleiben, als der Tauchunterricht unbedingt erforderte. Sie verbot uns, abends zu Fulvia Flaminea nach Hause zu gehen, weil sie das für übertriebene Vertraulichkeit mit dem Dienstpersonal hielt, und die Zeit, in der wir uns vorher auf der Rattenjagd vergnügt hatten, mussten wir jetzt der Shakespeare-Interpretation widmen. Gewöhnt, in den Patios Mangofrüchte zu stehlen und in den glühenden Straßen von Guacamayal Hunde mit

Ziegelsteinen totzuschlagen, konnten wir uns keine grausamere Qual vorstellen als jenes Prinzenleben.

Sehr bald jedoch bemerkten wir, dass Frau Forbes mit sich selber nicht so streng war wie mit uns, und das war der erste Riss in ihrer Autorität. Anfangs blieb sie am Strand in ihrer Kriegstracht unter dem bunten Sonnenschirm und las Schiller-Balladen, während Oreste uns Tauchunterricht gab, und dann erteilte sie uns bis zum Mittagessen Stunde um Stunde theoretischen Anstandsunterricht.

Eines Tages jedoch bat sie Oreste, sie in dem kleinen Motorboot zu den Touristenläden in den Hotels mitzunehmen, und kehrte in einem einteiligen Badeanzug zurück, der schwarz war und wie Robbenfell glänzte; aber sie ging nie ins Wasser. Während wir schwammen, sonnte sie sich am Strand und trocknete sich den Schweiß mit dem Handtuch ab, ohne auch nur einmal unter die Brause zu gehen, sodass sie nach drei Tagen wie eine gekochte Languste aussah und ihr Kulturgeruch unerträglich geworden war.

In den Nächten fiel all dieser Zwang von ihr ab. Von Anbeginn ihres Regiments an hatten wir das Gefühl, dass im Dunkel des Hauses jemand umherschlich, mit den Armen im Dunklen rudernd, und meinem Bruder kam schließlich die Befürchtung, es könnte sich um den umherirrenden Ertrunkenen handeln, von dem uns Fulvia Flaminea so viel erzählt hatte. Sehr bald entdeckten wir, dass es Frau

Forbes war, die nachts jenes wirkliche Leben einer einsamen Frau führte, das sie sich tagsüber untersagt hatte. Eines Morgens überraschten wir sie in ihrem Backfischnachthemd in der Küche, wo sie, den ganzen Körper bis zum Gesicht hinauf bemehlt, ihre vorzüglichen Desserts zubereitete und ein Glas Portwein in einem geistigen Wirrwarr trank, den die andere Frau Forbes für einen Skandal gehalten hätte. Schon damals wussten wir, dass sie nicht in ihr Schlafzimmer ging, wenn wir uns hingelegt hatten, sondern hinunterstieg, um heimlich zu schwimmen, oder bis spät im Wohnzimmer blieb und im Fernsehen bei abgedrehtem Ton die für Minderjährige verbotenen Filme verfolgte, während sie ganze Torten verzehrte und bis zu einer ganzen Flasche von jenem besonderen Wein trank, den mein Vater so eifersüchtig für denkwürdige Anlässe aufbewahrte. Entgegen ihren eigenen Ermahnungen zu Mäßigung und Anstand stopfte sie sich ruhelos und mit einer Art aufsässiger Leidenschaft voll. Später hörten wir, wie sie in ihrem Zimmer Selbstgespräche führte, hörten, wie sie in ihrem melodischen Deutsch ganze Passagen aus der *Jungfrau von Orleans* deklamierte, hörten sie singen, hörten sie bis zum Morgengrauen schluchzen, und dann erschien sie mit geschwollenen Augen zum Frühstück, von Mal zu Mal düsterer und autoritärer. Weder mein Bruder noch ich waren je wieder so unglücklich wie damals, doch ich war bereit, sie bis zum Ende zu ertragen, denn ich wusste, dass sie sich auf jeden Fall gegen uns durchsetzen würde. Mein Bruder jedoch stellte sich ihr mit dem ganzen Ungestüm seines Charakters entgegen, und der glückliche Sommer wurde für uns zur Hölle. Der Vorfall mit der Muräne war das Äußerste. Noch in derselben Nacht, während wir Frau Forbes in dem schlafenden Haus unablässig herumgeistern hörten, brach bei meinem Bruder mit einem Mal der Groll hervor, der ihn so belastete und seine Seele vergällte.

»Ich bringe sie um«, sagte er.

Ich war überrascht, aber nicht so sehr von seinem Entschluss als von dem Zufall, dass ich seit dem Abendessen das Gleiche gedacht hatte. Trotzdem versuchte ich, ihn davon abzubringen.

»Dann wirst du geköpft«, sagte ich.

»Auf Sizilien gibt es keine Guillotine«, sagte er. »Außerdem weiß ja keiner, wer es war.«

Mir fiel die aus dem Wasser geborgene Amphore ein, in der sich noch immer ein Bodensatz tödlichen Weins befand. Mein Vater hatte ihn aufgehoben, weil er ihn eingehender analysieren lassen wollte, um die Art des Giftes zu bestimmen, denn es konnte ja nicht nur durch das Vergehen der Zeit entstanden sein. Frau Forbes dieses Gift zu verabreichen war dermaßen einfach, dass alle es für einen Unfall oder für Selbstmord halten würden. So schütteten wir also im Morgengrauen, als wir meinten, dass sie, erschöpft von ihrer lärmigen Nachtwache, schlief, den Wein aus der Amphore in die Flasche mit dem Spezialwein meines Vaters. Nach allem, was wir gehört hatten, reichte diese Dosis aus, ein Pferd umzubringen.

Pünktlich um neun erschienen wir in der Küche zum Frühstück, das uns Frau Forbes selber auftrug und für das Fulvia Flaminea frühmorgens die süßen Brötchen auf den Herd gelegt hatte. Zwei Tage nach dem Austauschen des Weins machte mich mein Bruder beim Frühstück mit enttäuschtem Blick darauf aufmerksam, dass die vergiftete Flasche immer noch unberührt in der Anrichte stand. Das war an einem Freitag, und während des ganzen Wochenendes blieb die Flasche unberührt. Dienstagnacht jedoch trank Frau Forbes die Hälfte, während sie sich im Fernsehen freizügige Filme ansah.

Dennoch erschien sie am Mittwoch so pünktlich wie immer zum Frühstück. Ihr Gesicht sah wie üblich nach einer schlechten Nacht aus, die Augen hinter den dicken Gläsern waren so unruhig wie je, und sie wurden noch unruhiger, als sie im Brötchenkorb einen Brief mit deutschen Briefmarken fand. Sie las ihn beim Kaffeetrinken, was sich, wie sie uns so oft gesagt hatte, nicht schickte, und während der Lektüre liefen Windstöße über ihr Gesicht, die von den geschriebenen Worten aus gingen und es aufhellten. Dann löste sie die Briefmarken vom Umschlag und legte sie für die Sammlung von Fulvia

Flamineas Mann in den Korb zu den restlichen Brötchen. Trotz des bösen Tagesbeginns begleitete sie uns zu unseren Unterwassererkundungen, und wir schweiften durch ein Meer aus weichen Fluten, bis uns der Sauerstoff in den Flaschen auszugehen begann und wir ohne Anstandsunterricht nach Hause zurückkehrten. Frau Forbes war nicht nur den ganzen Tag über in beschwingter Stimmung, sondern schien beim Abendessen lebendiger denn je. Mein Bruder seinerseits konnte die Enttäuschung nicht ertragen. Sobald wir den Befehl zum Anfangen erhalten hatten, schob er den Teller mit der Nudelsuppe mit einer herausfordernden Bewegung von sich.

»Ich habe die Schnauze gestrichen voll von dieser Würmerplempe«, sagte er.

Es wirkte, als habe er eine Granate auf den Tisch geschleudert. Frau Forbes erbleichte, kniff die Lippen zusammen, bis sich der Rauch der Explosion zu verziehen begann, und ihre Brillengläser wurden trübe von Tränen. Dann nahm sie die Brille ab, rieb sie mit der Serviette trocken und legte sie, ehe sie aufstand, mit der ganzen Bitterkeit einer ruhmlosen Kapitulation auf den Tisch.

»Macht, wozu ihr Lust habt«, sagte sie. »Mich gibt es nicht.«

Ab sieben schloss sie sich in ihr Zimmer ein. Doch vor Mitternacht, als sie uns im Schlaf wähnte, sahen wir sie in ihrem Backfischnachthemd vorbeihuschen und einen halben Schokoladenkuchen sowie die Flasche mit in ihr Schlafzimmer nehmen, in der sich noch vier Finger breit von dem vergifteten Wein befanden. Mich überlief ein Bedauern.

»Die arme Frau Forbes«, sagte ich.

Mein Bruder konnte nicht ruhig atmen. »Die Armen sind wir, wenn sie heute Nacht nicht stirbt«, sagte er.

Bei Tagesanbruch sprach sie wieder lange mit sich selber, deklamierte wie inspiriert von einem wilden Wahnsinn lauthals Schiller und steigerte sich zu einem abschließenden Schrei, der das ganze Haus erfüllte. Dann seufzte sie viele Male aus dem Grunde der Seele, und ihre Stimme erstarb mit dem traurigen und unausgesetzten Klageton eines treibenden Schiffes. Als wir noch erschöpft von der Spannung der Nachtwache die Augen aufschlugen, durchbohrte die Sonne die Jalousien, doch das Haus war wie in einem Teich versunken. Dann wurde uns klar, dass es etwa zehn Uhr sein musste und wir nicht von Frau Forbes' morgendlicher Geschäftigkeit geweckt worden waren. Wir hatten um acht nicht die Wasserspülung gehört, auch nicht den Hahn am Waschbecken, das Geräusch der Jalousien, die Eisenbeschläge der Stiefel und die drei todsicheren Sklaventreiberschläge, die sie der Tür mit der flachen Hand versetzte. Mein Bruder presste das Ohr an die Wand, hielt den Atem an, um nicht das geringste Lebenszeichen im Nebenzimmer zu überhören, und stieß endlich einen Seufzer der Erleichterung aus.

»Geschafft!«, sagte er. »Man hört nur noch das Meer.«

Kurz vor elf machten wir uns Frühstück, dann gingen wir mit zwei Pressluftflaschen für jeden und zwei Ersatzflaschen zum Strand hinunter, bevor Fulvia Flaminea mit ihrer Katzenschar kam, um das Haus zu putzen. Oreste befand sich schon am Landesteg und nahm eine soeben gefangene sechspfündige Goldbrasse aus. Wir erzählten ihm, dass wir bis elf auf Frau Forbes gewartet und, da sie immer noch schlief, beschlossen hätten, allein ans Meer hinunterzugehen. Wir berichteten ihm auch, dass sie am Vorabend bei Tisch einen Weinanfall gehabt und vielleicht schlecht geschlafen habe und nun lieber im Bett bleibe. Oreste interessierte dieser Bericht nicht so, wie wir es erwartet hatten, und nur wenig mehr als eine Stunde lang marodierte er mit uns unter Wasser. Dann schickte er uns zum Mittagessen hinauf und fuhr mit dem Motorboot davon, um die Goldbrasse in den Touristenhotels zu verkaufen. Um ihn in dem Glauben zu wiegen, dass wir gleich nach oben gingen, winkten wir ihm zum Abschied von der Steintreppe aus nach, bis er hinter der Kehre der Steilküste verschwunden war. Dann schnallten wir uns die vollen Pressluftflaschen um und schwammen ohne irgendjemandes Erlaubnis weiter.

Es war ein wolkiger Tag, am Horizont grollte dunkler Donner, doch das Meer war glatt und durchsichtig und begnügte sich mit seinem eigenen Licht. Wir schwammen an der Wasseroberfläche bis zur Linie des Leuchtfeuers von Pantelaria, bogen dann für einige hundert Meter nach rechts ab und tauchten an der Stelle, wo wir nach unserer Berechnung zu Anfang des Sommers die Torpedos gesehen hatten. Da waren sie: sechs an der Zahl, sonnengelb gestrichen und mit intakten Seriennummern, und sie lagen in einer so vollkommenen Ordnung auf dem vulkanischen Grund, dass es nicht nach einem Zufall aussah. Dann umkreisten wir den Leuchtturm auf der Suche nach der versunkenen Stadt, von der uns Fulvia Flaminea so viel und so voller Staunen erzählt hatte, aber wir fanden sie nicht. Überzeugt, dass es keine weiteren Geheimnisse zu entdecken gab, kehrten wir nach zwei Stunden mit dem letzten Sauerstoffrest an die Oberfläche zurück.

Während wir getaucht hatten, war ein Sommergewitter niedergegangen, das Meer war aufgewühlt, und eine große Zahl von Raubvögeln kreiste mit wildem Gekreisch über den an den Strand gespülten sterbenden Fischen. Doch das Nachmittagslicht schien wie eben erschaffen, und das Leben war schön ohne Frau Forbes. Als wir uns jedoch die Treppe an der Steilküste hinaufschleppten, bemerkten wir im Haus viele Leute und vor der Tür zwei Polizeiwagen, und in diesem Augenblick kam uns zum ersten Mal zu Bewusstsein, was wir getan hatten. Mein Bruder begann zu zittern und versuchte umzukehren.

»Ich gehe nicht rein«, sagte er.

Ich dagegen hatte den wirren Einfall, dass wir nur einen Blick auf den Leichnam werfen müssten, um über jeden Verdacht erhaben zu sein.

»Nur ganz ruhig«, sagte ich. »Atme tief und denk nur eins: Wir wissen von nichts.«

Keiner nahm von uns Notiz. Wir ließen die Pressluftflaschen, die Masken und Flossen im Vorraum und betraten die Seitengalerie, wo neben einer Armeebahre zwei Männer rauchend auf dem Boden saßen. Dann merkten wir, dass vor der Hintertür ein Krankenwagen und einige mit Gewehren bewaffnete Soldaten standen. Im Wohnzimmer waren Stühle entlang der Wand aufgestellt worden, auf denen die Frauen aus der Nachbarschah saßen und in ihrem Dialekt beteten, indes ihre Männer im Innenhof beisammenstanden und über irgendetwas redeten, das nichts mit dem Todesfall zu tun hatte. Ich drückte die harte und eisige Hand meines Bruders noch fester, und wir betraten das Haus durch die Hintertür. Unser Schlafzimmer stand offen und befand sich in dem gleichen Zustand, in dem wir es am Vormittag verlassen hatten. In dem von Frau Forbes, das daneben lag, war ein bewaffneter Carabiniere postiert und bewachte den Eingang, doch die Tür stand offen. Bedrückt steckten wir die Köpfe hinein, doch im gleichen Augenblick kam auch schon Fulvia Flaminea wie ein Windstoß aus der Küche herbeigefegt und schloss die Tür mit einem Schreckensruf:

»Um Gottes willen, *figlioli*, seht sie euch bloß nicht an!« Doch es war bereits zu spät. Für den Rest unseres Lebens sollten wir nicht mehr vergessen, was wir in jenem flüchtigen Augenblick gesehen hatten. Zwei Männer in Zivil maßen mit einem Metermaß die Entfernung vom Bett zur Wand, ein anderer fotografierte mit einem Apparat mit schwarzem Tuch, wie es die Fotografen im Park haben. Frau Forbes lag nicht in dem zerwühlten Bett. Sie lag auf der Erde, nackt, halb auf der Seite in einer Lache getrockneten Blutes, die den Boden des gesamten Raumes gefärbt hatte, und ihr Körper war von Messerstichen durchsiebt. Es waren siebenundzwanzig tödliche Verletzungen, und an der Zahl und der Grausamkeit war zu erkennen, dass sie ihr mit der Wut einer ruhelosen Liebe zugefügt worden waren und dass Frau Forbes sie mit der gleichen Leidenschaft empfangen hatte, ohne auch nur zu schreien, ohne zu weinen, mit ihrer schönen Soldatenstimme Schiller deklamierend und in dem Bewusstsein, dass dies der unvermeidbare Preis für ihren glücklichen Sommer war.

Das Licht ist wie das Wasser

Zu Weihnachten wünschten sich die Kinder wieder ein Ruderboot.

»Einverstanden«, sagte der Vater, »wir kaufen eins, sobald wir wieder in Cartagena sind.«

Toto, neun Jahre, und Joel, sieben, waren entschlossener, als ihre Eltern glaubten.

»Nein«, sagten sie wie aus einem Mund. »Wir brauchen es jetzt und hier.«

»Zunächst einmal«, sagte die Mutter, »gibt es hier kein schiffbares Wasser als das aus der Dusche.«

Sie wie auch ihr Mann hatten Recht. In dem Haus in Cartagena de Indias gab es einen Hof mit einem Steg an der Bucht und einem Liegeplatz für zwei große Yachten. Hier in Madrid hingegen wohnten sie beengt im fünften Stock, Paseo de la Castellana Nummer 47. Aber am Ende konnten es weder er noch sie abschlagen, denn sie hatten den Kindern ein Ruderboot mit Sextant und Kompass versprochen, falls sie den Lorbeerzweig für das dritte Grundschuljahr gewinnen sollten, und sie hatten ihn gewonnen. Also kaufte der Papa alles, ohne seiner Frau, die weniger bereitwillig Spielschulden beglich, etwas zu sagen. Es war ein prächtiges Aluminiumboot mit einem goldenen Streifen an der Wasserlinie.

»Das Boot liegt in der Garage«, verkündete der Vater beim Mittagessen. »Das Problem ist, dass man es weder mit dem Aufzug noch über die Treppe hochbringen kann, und in der Garage ist auch kein Platz mehr.«

Die Kinder luden jedoch für den nächsten Samstagnachmittag ihre Mitschüler ein, um das Boot die Treppen hochzutragen, und es gelang ihnen, es bis ins Dienstbotenzimmer zu schleppen.

»Gratuliere«, sagte der Vater. »Und was kommt jetzt?«

»Jetzt kommt gar nichts«, sagten die Kinder. »Wir wollten nur das Boot im Zimmer haben, und da ist es jetzt.«

Am Mittwochabend gingen die Eltern wie jeden Mittwoch ins Kino. Als Herren über Haus und Hof schlossen die Kinder Türen und Fenster und zerschlugen die brennende Glühbirne einer Lampe im Wohnzimmer. Ein Strom goldenen und frischen

Lichts begann wie Wasser aus der zersprungenen Birne zu fließen, und sie ließen es laufen, bis es vier Hand breit hoch stand. Dann schalteten sie den Strom ab, holten das Boot und fuhren nach Lust und Laune zwischen den Inseln der Wohnung herum.

Dieses märchenhafte Abenteuer war die Folge einer Unbesonnenheit meinerseits, als ich gerade an einem Seminar über die Poesie der Gegenstände des täglichen Gebrauchs teilnahm. Toto hatte mich gefragt, wie es käme, dass das Licht anginge, wenn man nur auf einen Knopf drückte, und ich hatte nicht den Mut, mir die Antwort zweimal zu überlegen. »Das Licht ist wie das Wasser«, antwortete ich, »man öffnet den Hahn, und es fließt heraus.«

Also ruderten sie weiterhin Mittwochabends, lernten den Umgang mit Sextant und Kompass, bis die Eltern aus dem Kino zurückkamen und sie wie Festlandengelchen schlafend vorfanden. Monate später, begierig auf weitere Erkundungen, wünschten sie sich eine Ausrüstung für das Unterwasserfischen. Und zwar komplett: Tauchermasken, Schwimmflossen, Sauerstoffflaschen und Druckluftharpune.

»Es ist schon schlimm genug, dass ihr im Dienstbotenzimmer ein Ruderboot habt, das ihr nicht benutzen könnt«, sagte der Vater. »Aber dass ihr jetzt auch noch eine Taucherausrüstung wollt, das geht zu weit.«

»Und wenn wir die goldene Gardenie im ersten Halbjahr gewinnen?«, fragte Joel.

»Nein«, sagte die Mutter erschrocken. »Es reicht.« Der Vater tadelte ihre Unnachgiebigkeit.

»Diese Kinder sind nie die ersten, wenn es darum geht, nur ihre Pflicht zu tun«, sagte sie, »aber für einen Spleen sind sie imstande, sogar das Katheder zu erobern.«

Die Eltern sagten am Ende weder ja noch nein. Aber Toto und Joel, die in den vergangenen zwei Jahren die letzten gewesen waren, gewannen beide im Juli die goldene Gardenie und damit die öffentliche Anerkennung des Rektors. Am Nachmittag fanden sie, ohne noch einmal darum betteln zu müssen, in ihrem Zimmer die Taucherausrüstungen in der Originalverpackung. Also füllten sie am nächsten Mittwoch, während die Eltern *Der letzte Tango* sahen, die Wohnung bis auf eine Höhe von zwei Klaftern und tauchten wie zahme Haie unter die Möbel und Betten und bargen vom Grund des Lichts die Dinge, die sich über die Jahre in der Dunkelheit verloren hatten.

Bei der Abschlussfeier wurden die Brüder als Vorbilder für die Schule gefeiert und bekamen Ehrenurkunden. Diesmal mussten sie um nichts bitten, denn die Eltern fragten von selbst, was sie sich wünschten. Sie waren so vernünftig, nur ein Fest für ihre Klassenkameraden geben zu wollen.

Der Papa strahlte, als er allein mit seiner Frau war.

»Das ist ein Beweis ihrer Reife«, sagte er.

»Dein Wort in Gottes Ohr«, sagte die Mutter.

Am folgenden Mittwoch, während die Eltern in *Die Schlacht von Algier* waren, sahen die Menschen, die durch den Paseo de la Castellana gingen, eine Lichtkaskade, die aus einem alten, zwischen Bäumen versteckten Gebäude fiel. Sie quoll aus den Balkonen, verteilte sich in Sturzbächen über die Fassade und suchte sich ihren Weg bis zur großen Avenue, ein goldener Strom, der die Stadt bis zum Guadarrama erleuchtete.

Die Feuerwehr, die auf einen Notruf gekommen war, brach die Tür des fünften Stocks auf und fand eine bis zur Decke mit Licht überschwemmte Wohnung vor. Das Sofa und die mit Leopardenfell bezogenen Sessel trieben in unterschiedlicher Höhe durchs Wohnzimmer, zwischen den Flaschen aus der Bar und dem Flügel, dessen Maniladecke in mittlerer Höhe wie ein goldener Rochen flatterte. Die Haushaltsgegenstände flogen im Vollgefühl ihrer Poesie mit eigenen Flügeln durch den Himmel der Küche. Die Instrumente der Militärkapelle, die von den Kindern zum Tanzen benützt wurde, trieben zwischen den bunten Fischen herum, die sich aus Mamas Aquarium befreit hatten und als Einzige quicklebendig durch das weite erleuchtete Gewässer schwammen. Im Badezimmer trieben die Zahnbürsten der Familie, Papas Kondome, Mamas Cremetuben und ihr Ersatzgebiss, und der Fernseher aus dem großen Zimmer schwebte noch angeschaltet auf der Seite, mit den letzten Szenen des für Kinder verbotenen Mitternachtsfilms.

Am Ende des Flurs, zwischen zwei Strömungen treibend, saß Toto am Heck des Bootes, er hatte die Ruder umklammert, die Tauchermaske aufgesetzt und hielt nach dem Leuchtturm des Hafens Ausschau, solange die Luft der Flaschen reichte, und Joel schwebte am Bug, immer noch den Polarstern mit dem Sextanten suchend, und durchs ganze Haus trieben die siebenunddreißig Klassenkameraden, verewigt in dem Augenblick, da sie in den Geranientopf pinkelten, zur Melodie der Schulhymne Spottverse auf den Rektor sangen oder ein Glas Brandy aus Papas Flasche tranken. Denn sie hatten so viele Lichter gleichzeitig angeschaltet, dass die Wohnung überflutet worden war, und die ganze vierte Klasse der Grundschule San Julián el Hospitalario im fünften Stock des Paseo de la Castellana Nummer 47 ertrunken war. In Madrid, Spanien, einer fernen Stadt mit glühenden Sommern und eisigen Winden, ohne Meer oder Fluss, deren Festland-Ureinwohner niemals Meister in der Kunst des Lichtfahrens gewesen sind.

Quellennachweis

Aus: ›Das Leichenbegängnis der Großen Mama‹

›An einem dieser Tage‹
Un día de estos (1962)

›Baltazars wundervoller Nachmittag‹
La prodigiosa tarde de Baltazar (1963)

›Dienstagmittag‹
La siesta del martes (1963)

›Künstliche Rosen‹
Rosas artificiales (1962)

›Das Leichenbegängnis der Großen Mama‹
Los funerales de la Mamá Grande (1962)

›Ein Tag nach dem Samstag‹
Un día después del sábado (1962)

Die Originalausgabe erschien unter dem Titel ›Los funerales de la Mamá Grande‹

Deutsch von Curt Meyer-Clason

Aus: ›Die unglaubliche und traurige Geschichte von der einfältigen Eréndira und ihrer herzlosen Großmutter‹

›Die letzte Reise des Gespensterschiffs‹
El último viaje del buque fantasma (1968)

›Ein sehr alter Herr mit riesengroßen Flügeln‹
Un señor muy viejo con unas alas enormes (1968)

Die Originalausgabe erschien unter dem Titel ›La increíble y triste historia de la cándida Eréndira y de su abuela desalmada‹

Deutsch von Curt Meyer-Clason

Aus: ›Zwölf Geschichten aus der Fremde‹

›Der glückliche Sommer der Frau Forbes‹
El verano feliz de la señora Forbes (1976)

›Das Licht ist wie das Wasser‹
La luz es como el agua (1978)

›María dos Prazeres‹
María dos Prazeres (1979)

Die Originalausgabe erschien unter dem Titel ›Doce cuentos peregrinos‹

Deutsch von Dagmar Ploetz
Dieter E. Zimmer übersetzte ›Der glückliche Sommer der Frau Forbes‹

›Das Leichenbegängnis der Großen Mama‹ (Bd. 16264), ›Die unglaubliche und traurige Geschichte von der einfältigen Eréndira und ihrer herzlosen Großmutter‹ (Bd. 16265) und ›Zwölf Geschichten aus der Fremde‹ (Bd. 16262) sind im Fischer Taschenbuch Verlag erschienen.

Gabriel García Márquez
Werke

»Ohne die reichen Bücher von Gabriel García Márquez
wäre unsere Welt entschieden ärmer.«
Frankfurter Allgemeine Zeitung

Hundert Jahre Einsamkeit
Roman
Aus dem Spanischen
von C. Meyer-Clason
Band 16250

Die Liebe in den Zeiten der Cholera
Roman
Aus dem Spanischen
von Dagmar Ploetz
Band 16251

Der Herbst des Patriarchen
Roman
Aus dem Spanischen
von C. Meyer-Clason
Band 16255

Der General in seinem Labyrinth
Roman
Aus dem Spanischen
von Dagmar Ploetz
Band 16254

Chronik eines angekündigten Todes
Roman
Aus dem Spanischen
von C. Meyer-Clason
Band 16253

Laubsturm
Roman
Aus dem Spanischen
von C. Meyer-Clason
Band 16261

Die böse Stunde
Roman
Aus dem Spanischen
von Christiane und
Curt Meyer-Clason
Band 16260

Der Oberst hat niemand, der ihm schreibt
Aus dem Spanischen
von C. Meyer-Clason
Band 16259

Von der Liebe und anderen Dämonen
Roman
Aus dem Spanischen
von Dagmar Ploetz
Band 16252

Fischer Taschenbuch Verlag

fi 555 056 / 1 / a

Gabriel García Márquez

Hundert Jahre Einsamkeit

Roman

Aus dem Spanischen von Curt Meyer-Clason

Band 16250

›Hundert Jahre Einsamkeit‹ ist Gabriel García Márquez bedeutendster Roman und einer der schönsten der Weltliteratur. Bildhaft und anekdotenreich erzählt der große kolumbianische Autor die hundertjährige Familiengeschichte der Buendías, ihrer Siege und Niederlagen, ihres hochmütigen Stolzes und ihrer blinden Zerstörungswut, ihrer unbändigen Vitalität und ihres endgültigen Untergangs. Auf einzigartige Weise verschmelzen Mythos und Geschichte miteinander und spiegeln in der phantastischen Welt von Macondo die ganze Tragödie Lateinamerikas.

»Ohne die reichen Bücher von Gabriel García Márquez wäre unsere Welt entschieden ärmer.«
Frankfurter Allgemeine Zeitung

Fischer Taschenbuch Verlag

fi 16250 / 1

Gabriel García Márquez

Die Liebe in den Zeiten der Cholera

Roman

Aus dem Spanischen von Dagmar Ploetz

Band 16251

51 Jahre, 9 Monate und 4 Tage wartet Florentino Ariza auf Fermina Daza. Schon als 18jähriger hat er sich unsterblich in sie verliebt, in ihren stolzen Gang und den schweren Zopf auf ihrem Rücken. In poetischen Briefen hat er um sie geworben, für kurze Zeit ihre Aufmerksamkeit gewonnen, und sie dann an Doktor Juvenal Urbino verloren. Doch nie hat er aufgehört sie zu lieben. Die schönste Liebesgeschichte der Welt.

Gabriel García Márquez singt der Liebe
»sein Hoheslied in schier unendlicher Melodie
bis zum Happy-End«.
Der Spiegel

Fischer Taschenbuch Verlag

fi 16251 / 1

Gabriel García Márquez
Laubsturm
Roman
Aus dem Spanischen von Curt Meyer-Clason
Band 16261

Es ist die unverwechselbare Welt von Macondo, die Gabriel García Márquez in ›Laubsturm‹ entwirft, seinem ersten Roman, den er mit 19 Jahren schrieb. Ein alter unbeugsamer Oberst, seine Tochter Isabel und sein neunjähriger Enkel erzählen abwechselnd, was geschah, nachdem Bürgerkriege, Bananenboom und Naturkatastrophen über das in der Hitze verfallende Dorf hinweggefegt sind. In Andeutungen und Gleichnissen enthüllen sie eine rätselhafte Geschichte und erzählen von ihrer Verlorenheit und Einsamkeit.

»›Laubsturm‹ verhält sich zu ›Hundert Jahre Einsamkeit‹ wie ›Portrait of the Artist as a young man‹ zu ›Ulysses‹. Ein Roman, durchaus eigenständig, knapp und brillant, auf dem Weg zur Meisterschaft.«
Frankfurter Rundschau

Fischer Taschenbuch Verlag

fi 16261 / 1